U0561227

君子至交

丁聪、萧乾、茅盾等与荒芜通信札记

史鹏钊　张思懿——著

·桂林·

君子至交
JUNZI ZHIJIAO

图书在版编目（CIP）数据

君子至交 ：丁聪、萧乾、茅盾等与荒芜通信札记 / 史鹏钊，张思懿著. -- 桂林 ：广西师范大学出版社，2025. 3. -- ISBN 978-7-5598-7628-7

Ⅰ. I266.5

中国国家版本馆 CIP 数据核字第 20240W4C28 号

广西师范大学出版社出版发行
（广西桂林市五里店路 9 号　邮政编码：541004
网址：http://www.bbtpress.com）
出版人：黄轩庄
全国新华书店经销
广西广大印务有限责任公司印刷
（桂林市临桂区秧塘工业园西城大道北侧广西师范大学出版社集团有限公司创意产业园内　邮政编码：541199）
开本：787 mm × 1 092 mm　1/32
印张：10.625　　字数：160 千
2025 年 3 月第 1 版　　2025 年 3 月第 1 次印刷
定价：62.00 元

荒芜兄：

信早收到。总想抽空去看你，不是热就是雨，一直拖下来了，甚为抱歉！

你忙得怎么样？你的平反也见报，不简单。你介绍的摄影人员，我处无法接受，人事问题，我从不插手。要去的人不少，由他们去纠缠吧！

目前正忙于搞《四世同堂》的插图。全书七十多万字，光看一遍就得个把星期。絜青老大姊之托，不得不接也。稍凉些时，约个时间聊之如何？

俪安

小丁 十四日

北京市电车公司印刷厂出品 79.3 (1478

荒芜兄：

随政协参观团去了天津地区，十三号回来，手头的事全乱了套，该交的画稿，也没动手；该回的信，也没回。一回来就忙于发《读书》的版式及题"头"，限期限刻的事，不由拖拉，除埋头赶这件事外，还去开了几次"学习"、"总结"会，至今脑子里还未完全清醒过来。

你写来的诗，挂在墙上，排不上队（都是急件），刚又接到曹君"服务"之信，因我手头无存底，已函《读书》请他们给复印一份，如已发之厂，则恐怕比较麻烦些，到时再说吧！尊作《文汇报》剪报，桌上找不到，似已退还给你了，《学术时报》亦奉还。你提到"稿费"一事，不必寄来钱，最好能买些"小玩意儿"寄来，没有专门要求，好玩就行，不知兄以为然否？

叶公处，不必提醒，该写事，不好硬敲，也许他有不後之困，我意以黄胖为佳。

《豫园春》于前之中午同苗用笔一起去嚐过，东西不错，就是排队买票，站在吃客座后等着抢椅上的一付馋相，真有"猴急"之气。也许时间不恰当，正是上座之际。以后拟和你一起去一试。你现在的"胃口"如何？去拆查过来？念念！

胜泰，受友老会之《二马》的插图二十幅，上个月答应的（也不能不答应，难却朋友之请求），至今还未动手，思想负担很重。天天忙于应付约稿，弄不好还得挨批，又学不会"处世哲学"，怨谁去！

怕你着急，匆匆草此，祈谅。

祝

双安

小丁

十六日

荒芜兄：

信和稿都收到。因忙，因懒，未及时回信。南乾何时走？碰头的地点、时间都由你定吧。上次寄上的插图收到未？来信未提及，念念。这次的诗，终不能画，因国内未发过这类情感，吾辈虽有良心，但还是以慈悲事为上，特函向你"告罪"。

每至盛夏，我总是忙于画插图，今年尤甚，呼弄得我"心灰意懒"，宁可退出这行业，过几天"太平日子"吧。

何日才能熬出个头来？——叹——！！祝

双安

柯 七月廿一日

荒芜兄：

你十三日的信，我于十四日上午收到，速度之高，颇出意外。倘其它事情，都能如此，则在所剩不多的余年里，还有不少事可干。可惜我碰到的，老是效率特低的事情，例如我的住房问题……

承不弃，要我插图，不胜荣幸。"油腔滑调"之画，老兄居然不怕辱没了大作，为什么不画？拿来就是了。

我去西安是79年夏的事，距今已有年矣，平时甚少外出，怕扰别人的宝贵时间，况马路一则太挤，二则亦无老年精力，除"新华书店"不得不去外，一般少"轧闹猛"。老友有约，还是去赴的。何时见面？盼先告时间、地点，以便排除杂务，好好叙谈一番。

你代来信的钱，原来打算即去，可是一拖又拖个把星期了。这些内容发《读书》稿，赶完后一定去。我与三个人约在一起叙叙如何？

盼复！ 敬祝

近安

小丁

十四日中午

荒芜兄：

信与剪报早收到。因忙迟复为歉！

给夏公的书已托《读书》编辑部的同志送去，勿念。我附一个信，请他指教。

香港报寄还。稿费不要寄来，存在那里，（即存在你的户头里，用途也同你一样，只是交给你陈林快），寄回几块人民币，也派不了什么用场。

另作一首韩羽画的诗已经发表，不知有否经编者改动？

最近又有不少刊物要我写诗。你有新作，寄来一试，定会及时发表吧（只要新诗诗刊不论）。

[illegible]又到西安去了（已十多天），此公真是不简单。也许这正是他长寿之法，因他"好"开会。

匆复，即祝

写作胜利

小丁 卅一日

荒芜兄：

昨天下午到晚上十点，接连跟你打电话，"听筒里老是"嘟、嘟、嘟……"，无奈只能写信。

你的诗，我画了六幅插图。两幅连同刘梦岚的跋，其余四幅寄给你。我个人以为：人民日报只刊了两首，可能其余的有"违禁"之语句，如《打钟九首》诗里，这些话太露骨。我画时已予避免，未见可发表耳。高意以为然否？

荒诗能"再版"。

并候阳霞、小林，顺代问候！

祝合府安康

小丁 廿九晨五时

荒芜兄：别后返日，因忙着回家（已正式调回
出版社了），所以又与她同住了一阵。承示知，
承示告我许多友人都惦念，使我深受感动。
[illegible]，她自己也跌了一跤，菩萨保佑，一
位朋友[illegible]历史学家借来一些书籍
资料，行走已好。她要我问您：

①请先问问她的同意，[illegible]
[illegible]直接通讯？

②是否尽早把她已出版及未出版
的翻译给她一读——为了做翻译[illegible]
[illegible]通知[illegible]出版社一下，你同意？

你对此事本不积极，没料到这个[illegible]
[illegible]这一方做得很好。[illegible]
[illegible]，以便[illegible]进一步的[illegible]。

[illegible]，[illegible]
[illegible]。此问

近好

萧乾

北京日历厂出品 71.4（1360）

人 民 文 学 出 版 社

北京朝内大街166号　　电报挂号2192

燕萱先生：您好！

郭沫若为东庆赵望云、黄金会揭幕典礼写了一首诗，人民日报要找人把它译出发表。编辑部让我说，写得不好，你有信心修改给润色（指译文）。请问主任商量，这件事只有先生能完成之，望相信你不至见拒。《他们春节的幸福》诗，唱和也可以春节后推发，否则不成也可。

安好

并祝春节快乐

[illegible]

1.12

人民文学出版社

斋藤先生：手书悉。我以假日[illegible]早早痊愈。红楼之讨会由宋庆龄基金会派人面恳。方定即道访。又如愿同楼梯无灯，太暗。我又有目眼习惯，以不坐车为度，但若眼便亦从步行来。左右之友人想甚不佳也。草[illegible][illegible]周汝昌[illegible]

19　年　月　日

人民文学出版社

话（86-765-3）更好。节后二月十日上午当赴前门饭店文化组讨论会，其他当不去矣。住处知塔114，电话即可达，以文告。其诗亦意请之寄我。一笑。或能见于你已多年故当向伊所致，使伊各知其日程届时间。他家人则以电车时寄去看。此问

著安

197 年 月 日 钟书

6/2

人民文学出版社

北京朝内大街166号　　电报挂号2192

荒芜兄：今天偶然翻阅黄裳先生的第

三卷，才发见兄于五月廿六日西安归来

诗，甚感。我弟春生先生逝世。兄知之

否一册，是她写的影印的马春节随件

佟聘女士带下的。这书内容十分重

要。我赠何人？兄有帮助否？（再

送给我夫子们嫌不敷。）我只送

人，兄可和我赠给君足，因兄再

送取以友人矣。

人民文学出版社

北京朝内大街166号　电报挂号2192

今年我们已略好些，所以曾想到了外去，但未能成行。八月又赴欧洲（西德，挪威、美国）访问，所以又觉得是迟误了，致以歉意。近来身体还好一些，近日来一些朋友们要请我前往参加学会了。另有上海一电话，号码（86705·3），以免误会。

至于美国那个诗集翻译先生要译之作品已说明，可来函告知她即晓了。但她要我提推荐文件

人民文学出版社

北京朝内大街166号　电报挂号2192

保留在下一届。弟知，Paul Engle 的回忆录明年将出版。这是他前几年写的。不知是否有意请译否，由人民文学出版社增出一册。

安问

夏安

此信迟复，请代华苓问好

何[illegible]

7/4

荒芜兄：

近好！十日及廿日两次来信均收悉。最近刚刚搞完全国美展的作品，稍稍松了一些。文汇报上刊登的画印得很清楚，您的诗也配得好，尤其是配屈原的诗，真是好极了，可谓痛快淋漓，使人联想如骨鲠在喉，咽又咽不下又吐不出。这样的诗才是真正有价值的可传之后世的。我觉得我的画与您的诗，有一种内在的相通，我相信以后有机会您如看到我那抒发感想的一部分画作，一定会诗兴大发的。

我的古诗人图卷在发表时，建议：

① 如果一個一個诗人单独抽出来发表时（如文汇报这用的）请注明"长卷局部"。在

则画面不完整。全读者都有点莫名其妙，特别是这次印的"李白"，背后正好是杜甫的脊背，不知是啥东西了。③将来，全图刊登时，请把诗句在我上次表示的空白处题写上去。因为我在每一个诗人周围都故意留下了题诗的位置。诗题得恰当，高低错落，可以将人物串起来，形成完整的布局，而且为画面增色不少。书体无所谓，谁愿意怎么写就怎么写，也要盖上题诗者的印章。另外，请题个卷首。发表时最好有一个全图的小样，然后再分诗人局部，让读者既看到全图的布局，又看到局部的笔墨趣。

您来信中提到近代诗人的那几位，我已找了一点材料，龚定庵、苏曼殊、秋瑾、[illegible]、黄遵宪的材料还待再找。

另外，我还想把他们画成图卷的一部分，将来可与前面那些连起来，您看好吗？

西安天气甚为炎热，真是难得，想到以后搬到“火炉”去，不知是一番什么滋味，为了事业，只好作些牺牲了。

近来准备为明年去泰国的個人画展作准备，泰国有关方面已与中国国际书店洽谈，由国际书店主办我的画展。

其它再谈　顺祝
夏安

世南　7.24

黄苗兄二：春节过得好：

十三日来信及汇款、修订书也均收到，真谢谢烦劳了。最近忙于准备搬家，估计要过了正月十五才能离开西安。

《街头所见图》尚未完稿，因为该稿是写生的，写生时注意到底多了，笔墨趣味少了，自己很不满意。后来节回武汉时又加工了一次，现在还不满意。这不是还要重画一遍，等我完了稿，一定拍照寄你。

秦老爷的诗，我一定这两首画了再寄你。

美代会听说三月份开，我觉得去开这种会实在没有什么意思，还不如在家多画几张画。所以我写信给湖北美协，请他们另选位同志去，他们又不同意，现在尚未定，等我搬了家再说。以此事来开会。本想可以与您又见见面。是件非常难得的事。但一想到去画圈圈，实在难受。而又有不少人争着要去当代表。我把位子让给他们，何乐而不为呢！

其它再谈。即颂

双安

[illegible] 2.22

荒芜兄：

您好：六日来信今悉，真高兴您能来武汉，而且又是我画展开幕之前，希望您能在武汉多住些日子，除了参加诗会，您抽几天时间住到我家里来，现在家里较宽敞，孩子又不在这里，咱们好好玩上几天，写诗画画，岂不乐哉！您看如何？

我的《回顾画展》已定五月五日开幕，展出半个月，场地很小，展作品五十余幅，是我七八年到去年为止的作品。《竹林七贤图》能够有您的题诗，当然会深刻多了，还是百忙中抽空写一写吧，仍用对开四尺宣纸横式来写，展出以后，我再将诗画裱成手卷，展览时可以用一个大镜框，上面是诗，下面是画。您能在本月廿五日左右来汉的话，就随身带来，如果行期推迟，就寄给我。别忘了，您来的时候把您的图章带上，我有的画上，或许还要请您题诗呢。我还有一本描写我这两年生活的册页，也等着请您题诗。

东湖的樱花像还在，您又可来饱览一番，住在我这里，十分钟就到东湖。

如果您提前来汉，先到我家住几天，就打个电报给我，写清楚几日到、几车厢，我来接您。电报要早点打，以免邮差送晚了。

见面再谈。

祝您

一路顺风

古兰 4.10.

荒芜兄：

您好：

我昨天刚从三峡回来，您前后三封信和寄来的诗稿、报纸、"记者"都看到了。您在武汉上行中写的这几首诗，都好精彩，读到幽默处，忍不住要笑出声来，真佩服您的笔力和胆量。

关于您想为我出专辑，现在的当前的是拍照问题，在这里要找个拍照的朋友实在难，所以我想推晚一点，九月份或十月份，有个杂志要来拍我的作品，到时候我再请他们代劳，您看好吗？评画的文字倒有几篇现成的，到时候寄上。既出专辑，就搞得精彩些，时间推晚一点为好。

临别以金瓶梅刀笔相赠，感激不尽。您的

《沉壁斋选诗》也收到了。装帧设计干净利落，又很大方。

这两个月，我的创作任务不小，所以只好在武汉暂作画。因为要换了地方，一大批工具搬来搬去太麻烦。九月下旬，深圳要搞首届美术节，邀我参加展出。七月下旬我们要办探新画展，又要创作作品，所以任务很重。我现在实在为要参加佳境画展而伤脑筋，但吃了这碗专业饭，有什么办法！

如果您有需要配画的诗作，可寄来，我一定抽空完成。另外，"古代诗人图卷"的卷首题字，还请您抽空给一幅。

另外，我想给自己的画室取个斋号，您能否根据我的情况给我取一个？或者您提出几个，给我参考一下。

再谈，此祝
双安

安南 6.27

湖北省文学艺术界联合会

荒芜兄：您好！

元月七日手书读悉。去年几乎没有接到您的信，想必是很忙的。弟常在思念之中。

我昨天刚从西安、包头回来，是去过年、探亲访友、开会的吧。去年一年，我也大半时候在外面跑，山东、江苏、贵州、湖南、江西，接连出差，人都跑野了。在家里坐不住，总觉得闷得慌。人随便读读书，久而久之，连笔都拿不起来了。所以得空就往外跑，自己找些乐趣。去年到贵州少数民族地区跑了一趟，还在途中病了一场，住院七天，回到北京来真是折腾。总觉得很累，但去年出书还是最多了。我写出了一本，因为书到手不能及时寄给您，等寄到后，我马上邮给您。

今年更不打算搞什么名堂，只想画画自遣，或出去跑跑算了。有可能的话，还想去美术学院进修一下，不是图文凭，也不为镀金，只是想躲到学校去再打打基础。这只是自己个人做的美梦，不知能否实现。

书和新诗都读了。您总是这样出题，回答您总是：一定会的。

好吧，暂写到此。

即颂

双安

老河 2.25.

荒芜兄：您好：

寄来的文稿收到。您百忙中顶暑为我写了文章，实在感激。文章中有几处我稍有增删，因来不及再征求您的意见，只好自作主张了，但只是很小的改动。题目稍嫌一般了些，因此我改为"我和老南的诗画缘"，因为全文是用您的题诗贯串起来的，这样更切题一些，您看好吗？文章我已抄清寄去了。

那幅"街头所见图"自从北京带回来后，我想加工加工，添了一些背景，结果反而画蛇添足，弄得灰溜溜的，便也撕破了。想重画，又恐怕有画，因此一直搁在边上。

只好等以后去收拾完了，所以一直没有拍照给您，真抱歉。这也是一个教训，幸亏写生的尽管有些缺点，但总是比较生动，回来七改八改，反倒弄巧成拙。

我听说“读书”订到了，果真如此吗？是否读过？像这样一份规矩的报纸，我想是不会在清扫之列的。

若真的订到了，望告知。

顺致

双安

安南 8.21.

荒芜兄：

《甲申纪事》、《明通鉴》、《练兵实纪》全收到，谢谢。如能找到《明诗综》，大概很贵。不要紧，照常买。前二年秋天我在隆福寺旧书店中还看见一部，可惜当时未买。万一在北京买不到，将来只好托朋友在上海找找。以下三种书，也请遇到时买来：

(一)《竹叶亭杂记》　清初桐城姚伯昂著，只有薄薄二册，所记的清初风俗掌故，有一段记满洲跳神颇详。

(二)《二申野录》　孙之騄著，其中一部分记载崇祯时的掌故。从前两次在旧书店中看见此书，未买，大概现在还不难碰到。

(三)《如梦录》　只有薄薄一册，不知作者姓名。书中对崇祯十五年开封淹没以前的市容、风俗、街道、衙署等记载颇详，必系明末久居开封的人写的。书写于明亡之后，故名《如梦录》。其原序对明朝方面决河淹没开封一事，颇致痛恨。原书起初只有抄本流传，至咸丰年间始有宋梦庵刊本，民国年间收入《三怡堂丛书》。

我除托你替我买书之外，其他事情不打扰我

添麻烦。买书有时是碰的，往往踏破铁鞋无觅处，得来全不费工夫。

我拟于月底前返干校，过一个月回来。在下也无生产任务，但等候分配性质，故大部分时间可以写作读书。信仍寄汉口家中，较保险。《明诗综》找到，需要书款，梅彩会随时寄上。《明诗综》估计会很贵，但也没有办法。今后购买旧书，不能以从前道理说。上星期从北京给我寄来一部该刻本《三国演义》，刻版不好，索款四十元，还说有很大人情，我也只好收下。回思若干年前，我买到顺治初《水浒》和影印贯华堂原刊本《水浒》，都是几块钱，一部明正德年间版《分门集注杜工部诗》才九块钱，如同隔了几个朝代。

克家已回北京养病，仍住赵堂子胡同15号。近有信来，问题尚未解决。你得暇不妨看看他。仍很热情，只惜身体太差。毅舒将去丹江口生活。

祝好！小舒好！

雪垠 十月二十日

近两三年我写了一些七律，前日兴致一来，在给克家回信中抄了几首给他。过几天，有时间了，我也抄几首给你呈正。

雁冰兄：

我经常想念你，也从他人打听你的近况。忽接手书，喜何如之！

因机构尚待调整，我的岗位尚属虚悬，仍居五七干校，但并无生产任务。近十余年当事，心来不佳。日内仍将下去，等候分配。自64年文艺界整风开始，至今浑浑噩噩，已十几年，时不我待。文化大革命前，《李自成》的第二卷尚有十余万字未完工，故已数年未充裕时间做此工作，打算在今秋完成。经过八年运动，第二卷在细节处理上，大概会比第一卷深一些。第二卷大体完成之后，即送请朋友和同志提意见，而我将分抄出争取写第三卷。此书共有五卷，全部将有二百数十万字。关于全书故事布局，人物活动，主要情节，虽早已胸有成竹，但化为文字，成为艺术结合，写在纸上，并非易事，往往几句对话，苦思半日。以现在倚着不害大病，不受别事干扰，今生有可望将全书写完，填起五四新文学运动以来长篇历史小说的空白。十几年前，原计划在下半生除完成《李自成》之外，还可以写出关于太平天国和辛亥革命两部小说，如今不敢多作奢想了。

《李自成》第一卷经过文艺整风运动和无产阶级文化大革命的群众运动，经受了历史的考验。今后不管有多大困难，我都将它写成，而且会一卷比一卷波澜壮阔，激动人心。我开始动念写这部小说是在抗战期间（从南阳来之后不久），后来到了重庆，到了三台和成都，此事一直耿耿在怀，但生活困难，"著书都为稻粱谋"，并无时间去研究历史，更无条件去搜罗文献资料。解放以后，多数，我以不声不响地付诸实践，直到第一卷初稿完成之后，方有人知有此事。但从六〇年开始，

这部稿子[illegible]。[illegible]

今后是否仍会有那样支持，不知道。按照党的政策，十年浩劫，今后工作中会得到获得党各方面的热情支持，给我所需要的一些条件。但是政策是要人执行的，有时候要曲折，很艰难。一个光辉的政策落实到具体工作上，总还有一个过程。所好的是，《李自成》第二部书今天出来[illegible]已证明它为读者所重视，对社会主义文化不无贡献，而且湖北武汉党的领导同志中也有人知道最近读过此书，曾有过几句指示。我自己[illegible]无产阶级文化大革命，会百折不挠地争取在死之前完成此书。来信云"究天人之际，成一家之言，所谓此其时矣"，我还得努力，但愿在死之前能够大体上写完全书。倘若中途害场大病或又有什么挫折，一定[illegible]"贵志之[illegible]"。这样事情，古已有之。[illegible]

前年你来武汉，因梅彬介绍认识你，你也没有完全说清楚，所以没有特别接待你。我休假回来时，她告诉我说是一位姓黄的朋友，我想了两天，才想到是你，感到抱憾。小舒身体如何？仍在出版社？我好像记得她善于绘制地图。如果我没有记错，第一卷想请她费神帮我画两幅地图。一幅是崇祯十五年冬天李自成从郧阳山中入豫时行军路线示意图，第二幅是张献忠、罗汝才联军入川出川和袭破襄阳行军路线示意图。当然，我先寄[illegible]草稿地图，注出古今地名和部队经过的日期，然后请小舒依照正式地图绘成[illegible]比较精细、干净漂亮的地图。地图上可以署上绘制人的名字。付出稿费[illegible]稿费，既然插画有稿费，地图也应该[illegible]付给稿费的。

编舞仍在下边。闻省文联正在筹备，但尚今年有回来了吧。黄甲在插队落户（远也回城了），除在沙评剧主之于棱内。我最近是同另外两个人合作将（本地）一个话剧本改编成京剧本，尚在进行中。按一般道理说，我在下边等待分配的日子不会太久，但事情也难说，往往一耽搁就是几个月过去了。到九月底，看情形，总该有分晓吧。将来，若有些空给我时间，争取完成《新书》，决不打架（如需加改改剧本之类）。此意已向省市有关同志通过气。将来如叫我打架，我会拒绝。我为给上级领导看的书，看如今后，会给我充分机会去完成《新书》。但我也作进一步考虑，作不上时要进行陈说，呼吁，努力争取早日考虑。

来信已读，言不尽意。你的书信，仍寄……王梅转收。

祝 近好！

王坡 八月十四日

乃仁兄：

我这儿参加了省、市创作会议，有一个月的时间未能继续工作。这几天，特别酷热，室内温度白天总在36度左右，大大影响写作。尽管如此，第二卷已接近结束。估计十月底以前可以完工，即开始向第三卷进军。中国青年出版社因团中央需要，暂不挂出牌

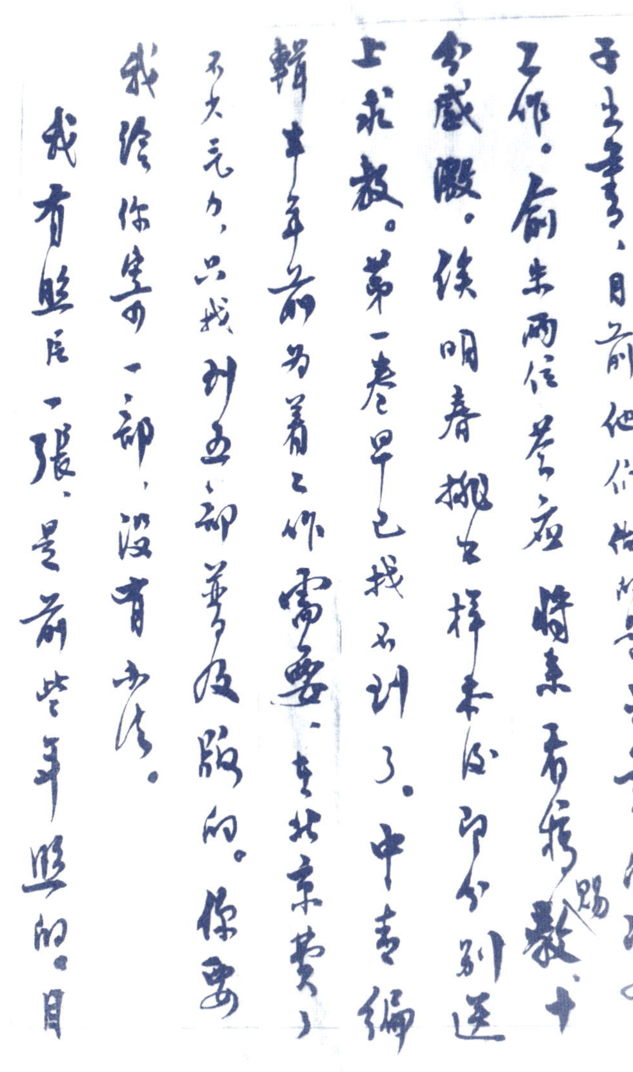
子生書、月前他們做的文書的準备
工作。俞先生兩信暫存，將來有稍賜教、十
分感激。俟明春擬出样本後印分别送
上求教。第一卷早已找不到了。中書編
輯半年前為着工作需要，去北京費了
不大气力，只找到五、部，[illegible]改版的。你要
我給你寄一部，沒有办法。
我有照片一張，是前些年照的。目

前神精面貌，尚无大变，只是近一年来头发脱落了些。这个缘故，朋友们看见的都较喜欢，今日特寄上一张，聊当晤面。

玄秘塔已收到，谢谢。祝

文祺！

雪垠

月廿六日

荒芜兄：

今天上午接北京电话，我最近为写书的问题，给伟大领袖写了一信，蒙主席批了两句话，即将全书写完，提供方便条件。我尚未正式接到通知，但中央有关领导已将主席批语通知中国青年出版社，该社文学部负责人江晓天马上即来武汉。特将这一重大的好消息奉告，想你一定会十分激动，高兴。匆致

敬礼！

雪垠 十一月七日

荒芜兄：

来电和两信均收到。前天给你的一电报，但门牌写成六号，（此宅已拆，）未曾接到。我大概本月下旬去京。因任务紧，到京后一般说来避免多见人。所以也许长住北京，也是如此。我给毛主席的信，日内将抄件寄给你。决非京中有人传说单位为李自成出版的事，也非党主席批了同意二字。克家那里传出这样不真实的话，实是误猜，既将这件事的重大政治意义降低，也将我的为人风格看低了。主席的批示是：即应该让他将书写完，给他提供方便条件。我这几天长篇小说拉得（头）笔，不能多写。你如见到辛之兄，请托他将实际情况转告克家，不要继续误传。

（旁注：甲我一千 书写，务 为色括大 中大国的 长篇小说）

祝

好！

雪垠

十二月十三日

湖北省文学艺术界联合会

荒芜兄：

久不写诗，今日偶然兴至，写七言八句，奉上请和，并请斧削。年字借光韵。

你发表在滇池上的诗，我也读了，不错。

祝你们好！

雪垠

四月十日

風雨

風雨崎嶇二十年，未將羸馬卸征鞍。刖工夢獻連城璧，逐客私栽九畹蘭。牛鬼蛇神同黑榜，鮮花毒草共朱欄。經冬杜鵑枝頭在，點綴晴窗一片丹。

七九年四月十日興東偶作

♦ 范用致荒芜信件

读书 编辑部
三联书店
北京朝内大街166号邮政编码100700

荒芜同志：

前接来件，稽复，至歉。关于纸壁斋续集，已与子明、昌文同志商定，三联可以接受出版。但希望允许作适当的删节处理，因为出书碰到一些意想不到的困难，还望鉴谅。一言难尽。

顺颂

文安

范用

十一、十九

序章：以信为媒的君子往来

书信，是人类文明生活中出现极早、流传极广的文体。古往今来，许多名人书信都遗留了下来。而收藏名人信札，古今有之，中外均热。写信的人或是洋洋洒洒千百言，或是匆匆忙忙三两句，是真情的流露，也是信息的传播。

近年来，中国名人信札进入拍卖界。名人信札作为一种文化遗产，具有多种功能，有的具有很高的文化鉴赏价值，本身就是艺术品。作家荒芜收藏的信就是其中之一。这些信，是荒芜先生生前收藏了大半辈子的珍视之物，也是他和朋友们友情的见证，弥足珍贵。

本书的主人公荒芜是现代作家、文学翻译家，原名李乃仁，曾用笔名黄吾、叶芒、李水、淮南、林抒、方吾等。1916年正月初九出生于安徽省凤台县（今属淮南市，因凤台县曾属寿州，荒芜因此常说自己是寿州人），这里位于淮河中游和淮北平原南缘，八公山之下。八公山是汉代淮南王刘安的主要活动地，博大精深的《淮南子》也诞生于此。荒芜幼读私塾时就显露了聪颖的天资，一部《左传》能背诵多篇，四书五经谙熟于心。在私塾8年学习中，最喜读《诗经》和唐诗。

荒芜12岁考入南京金陵学校中学堂，15岁考入上海复旦大学实验中学。毕业前一年，学校因战事由上海江湾迁至杭州城隍山下，他得以饱览三竺六桥之盛景。三竺，指杭州灵隐山飞来峰东南天竺山上的三座寺院——上天竺、中天竺、下天竺，三者合称“三天竺”，简称“三竺”；六桥指西湖里湖环璧、流金、卧龙、隐秀、景行、浚源等桥。

1933年1月17日，中华苏维埃临时中央政府、工农红军革命军事委员会发表宣言，表示愿意在三个条件下同任何武装部队订立共同抗日作战协定。

1933年夏，17岁的荒芜从上海复旦大学实验中学毕业，考入北京大学。当时北京大学文学院院长为胡适，他劝青年们学历史，因此荒芜就读于历史系，同时选修西语系英文专业，在校期间发表散文处女作《还乡》，编辑英文刊物《北平花》。

在校期间，荒芜选习了顾颉刚先生的秦汉史，傅斯年先生的魏晋六朝史，陈垣先生的元史，孟森先生的明清史。旁听了朱光潜先生的诗论、梁实秋先生的莎士比亚课等。其英文翻译课，受业于叶恭绰先生。

闻一多先生于1932年从青岛大学回到母校清华大学，任中文系教授。从事中国古典文学的研究的同时，也常到北大讲课。荒芜在校期间，常去旁听闻一多先生《诗经》课。受其影响和鼓励，荒芜开始翻译惠特曼的短诗，他于1956年12月12日在《文汇报·笔会》曾有忆文《惠特曼与闻一多》。

1937年毕业时，适逢七七事变爆发，荒芜在北平待到8月中旬才离开。

1937年至1938年，荒芜先后在湖南和贵州等地教书，目睹了1938年11月13日凌晨发生的长沙大火，并亲身经历了湘黔大撤退。

1938年3月27日，荒芜参加了中华全国文艺界抗敌协会。10月，武汉会战结束。长沙大火后，荒芜辗转到四川江津，被战时国立九中聘为国史教师（这个学校凭家乡话收容了3000多名皖籍流亡师生）。在这里，荒芜与高三部女生舒展相识，1940年后两人在重庆结为伴侣。

在重庆，荒芜还喜逢金陵中学堂同学朱海观。朱推荐他去见当时主持文化工作委员会的郭沫若，遂被介绍到琵琶山上的苏联大使馆教授中文，兼为报刊编辑写作，同时翻译文学作品。荒芜靠菲薄的稿费生活，极为贫困潦倒，甚至经常断炊。

妻子舒展原名舒昭谟，安徽省安庆人，1923年出生。经八路军驻渝办事处介绍，到（重庆）东北救亡总会宣传队和重庆妇女指导委员会工厂服务队，在日军炮火中从事抗日救亡宣讲活动。1942年舒展考入（重庆）美国新闻处中文部工作。在这里，荒芜夫妇与著名的新闻工作者刘尊棋（1949年后，担任中央人民政府新闻总署国际新闻局副局长）相识相知。1948年春，舒展与荒芜同赴晋冀鲁豫解放区，舒展先后在北方大学艺术部和华北大学一部学习，改常用名为林印。1949年春，她被分配到军委铁道部政治部，跟随滕代远将军在一线工作。《人民铁道》创报时，她成为报道新中国交通建设的首批专业记者。

1941年11月16日，郭沫若五十寿辰和创作生活二十五周年庆祝会在重庆举行。

1942年前后，大批文化人以笔抗战，写作或翻译抵抗文学作品。1943年，荒芜在译出短篇小说《乌克兰人》时首次使用了笔名“荒芜”，译品刊于重庆《新华日报》。这一时期他还译出了法国作家、哲学家让–保罗·萨特的心理小说《墙》，是将这位哲学家介绍到中国来的首位译者。

在担任《世界日报·明珠》副刊主编期间，荒芜译作较多。除翻译美国麦凯、惠特曼、赖特等人的诗歌或短篇外，还翻译了赛珍珠的小说《生命的旅途》。

荒芜涉猎较广，不仅积极为国人引入美国文学，还翻译过法国、捷克、印度等国的文学作品，并译介大量苏联文学和苏联文艺理论，使外国文学作品更多地进入中国广大读者的视野。

1944年底，经刘尊棋推荐，荒芜参加盟军军官考试，考上了盟军华语学校文化教官职位，赴檀香山担任中文教官，也用英文讲授中国近代史。1946年秋回到上海，担任《文汇报》副刊编辑和法国通讯社英文编辑。

1947年荒芜到北平，任中国文学家协会北平分会候补监事。

1948年，荒芜进入晋冀鲁豫解放区，先后在北方大学文艺学院和华北大学第三部担任研究员，继续译美国奥尼尔戏剧《悲悼》三部曲；与朱葆光合译英文诗集《朗费罗诗选》。当时考虑到国民党管辖区亲友的安全，解放区的组织建议其改名换姓，自此常用名改为荒芜。

1949年7月，北平解放后，荒芜随华北大学研究部回北平，由老友刘尊棋力荐，参加中央人民政府国际新闻局的筹建工作，同年担任大型对外刊物《争取人民民主，争取持久和平!》中文版主编和国际新闻局资料研究室主任，从事对外宣传工作。该月，还参加了“北平市各界人民纪念七七抗日战争12周年暨庆祝新政协会议筹备会成立大会”并在天安门金水桥合影。

1949年前后的译作《苏联文艺论集》《高尔基论美国》，苏联小说《一个英雄的童年时代》《栗子树下》等陆续出版。

1952年7月1日，新闻总署国际新闻局改组为外文出版社。荒芜加入中国作家协会并调任外文出版社图书编辑部副主任，此时他对自己的事业充满了光明的憧憬。

1956年冬，荒芜调至中国社会科学院文学研究所西方文学组美国文学研究岗位。此时对艾尔伯特·马尔兹的研究正在深入，所译《草叶集选》已臻成熟，全稿已发至上海的出版社。1956年10月，印度作家耶凌达罗·库玛尔应邀来中国参加鲁迅逝世20周年纪念会，荒芜陪同。当时正值壮年（40岁）的荒芜潜心翻译了这位印度作家的另一部代表作——中篇小说《辞职》，但人民文学出版社1959年1月出版这部译作时，却只用了译者的笔名李水。原因就是1957年5月14日，荒芜在民盟组织的鸣放会上提出了尖锐意见，会后被戴上了右派帽子，与黄苗子、丁聪、聂绀弩、刘尊棋、谢和庚等，同被下放到北大荒接受监督劳动，在黑龙江八五三农场度过了一生中最为艰难的日子。1960年底，荒芜返京，回到中国社会科学院文学研究所，降为中外文资料员，长达17年。

1963年9月，外文出版社改组为中国外文出版发行事业局。

1969年7月至9月，文化部所属各单位和文联各协会全部工作人员，分别下放到湖北咸宁、天津静海等“五七干校”及部队农场等地进行劳动改造和思想教育。荒芜随文学研究所全体下放到河南信阳罗山“五七干校”。

1972年后荒芜返京，原住房被占，只得借住在文学研究所三楼旧日的报纸库，荒芜用空书架糊上报纸，权当围墙，并将这间斗室命名为“纸壁斋”。

1976年10月以后，他经常在国内外报刊上发表诗文和翻译，在介绍美国现代文学方面尤为勤奋。

1978年5月12日，文化部举行揭批“四人帮”万人大会，宣布为一大批受迫害的文艺工作者平反。10月，中国社会科学院文学所大楼面临拆除，荒芜终于分配到位于北京天坛东侧路的两间半临时房，告别了自己住了6年半的临时房“纸壁斋”。

1979年荒芜恢复了正常身份。落实政策后，调至中国社会科学院外国文学研究所欧美文学研究室岗位，继续研译美国文学。

1979年至1986年，出版译著有《奥尼尔剧作选》、《马尔兹中短篇小说选》、《雨果先生》（剧本）、《海外浪游记》、《麦凯自传》（即《远离家乡》）等。

1982年离休后，荒芜继续发表翻译作品，撰写旧体诗及散文，晚年主要以旧体诗写作享誉文坛。

1985年，在武汉参加由武汉作协和《长江日报》发起的黄鹤楼笔会。李普、李蕤、徐迟、邹荻帆、碧野、秦兆阳、萧乾、端木蕻良、绿原、苏金伞等故交好友同时参会。

1985年元月，荒芜与著名书法家、美术史家黄苗子，画家郁风夫妇和装帧设计大家曹辛之等发起创办《诗书画》报。

他们在《我们不要发刊词》的发刊词中写道："我们的国家是诗歌的国度，是书法艺术的国度，也是绘画艺术的国度，人们对诗书画有着传统的喜爱。我们民族许多美德的形成，和诗书画是分不开的。我们想以这张报纸，把这个美好传统保留下来，发扬光大。"这段话既表达了创办者们创办《诗书画》报的初衷，也抒发了荒芜和他那一代文人的深挚爱国情怀。

1995年3月，这位文学老人悄然离世，留下翻译作品300万字。

荒芜文笔清新淡雅，写诗颇有世外隐士之风，俞平伯、朱光潜等文学大家对其颇为赞赏。2017年7月，花城出版社出版《荒芜旧体诗新编》，收入其500余首旧体诗。

翻译工作是高难度的再创作过程，荒芜却总是能在长短篇小说、诗歌、剧本、文学评论、游记诸多文体中游刃有余。翻译界人士对荒芜的硬功夫都十分佩服，无论是申奥、萧乾、叶笃庄、朱海观、张友松等老朋友，还是初入门的研究生，遇到卡壳点，都喜欢找他切磋或向他请教。

荒芜的重情诚笃在文人圈里是出了名的。他与朱光潜、沈从文先生的友情与交往，被传为佳话。1980年，荒芜写了《师友之间》一文，专门向海外读者介绍朱光潜先生的美学道路。1981年，《纸壁斋集》出版，朱光潜先生亲自为他写序。1983年4月，朱光潜给荒芜写最后一封谈诗信时已86岁。荒芜编的《我所认识的沈从文》于1986年7月由岳麓书社出版。

荒芜先生的侠肝义胆在文人圈里也是出了名的。他曾热切地向符家钦先生建议，翻译金介甫著《沈从文传》。符先生欣然接受后却发现难度极大，全书25万字，资料倒有15万字，也担心译著出版受阻，译事因故中途停顿。荒芜得知后，觉得符家钦确是译《沈从文传》的最佳译者，应大力促成此事。不仅联系沈夫人为符先生借阅沈从文的作品原著，还反复地对符先生说："那是很值得做下去的事情!"后又找到上海的翻译家叶麟鎏，请他亲自做全书校订。1988年《沈从文传》竣工时，符先生对荒芜说："能将此书做好，了却兄长推荐原情，是一幸事!"

荒芜著作主要有诗集《纸壁斋集》(1981年6月，黑龙江人民出版社)、《纸壁斋续集》(1987年1月,湖南人民出版社),诗话集《纸壁斋说诗》(1985年2月,三联书店)、《麻花堂集》(1989年1月,广东人民出版社)、《麻花堂外集》(1989年8月,广州文化出版社)。作为代表,荒芜曾参加全国第一、二、四次文代会。

荒芜译作主要有小说《新生》(现代书局)、《一个英雄的童年时代》(1949年,晨光出版公司),剧本《悲悼》(1949年,晨光出版公司)、《栗子树下》(1949年,天下图书公司),文艺理论《高尔基论美国》(1949年,大众书店)、《苏联文艺论集》(1950年,五十年代出版社)、《社会主义的现实主义》(天下图书公司),译著《惠特曼诗选》、《美国黑人诗选》、《朗费罗诗选》(晨光出版公司)、《马尔兹短篇小说集》(1955年,作家出版社)、《马尔兹独幕剧选集》(合译,1956年,作家出版社)。50年代,他还在《人民日报》《文汇报》《人民文学》《作品》《译文》等报刊上发表过作品。

作为一代文学翻译家,荒芜和来自各界的朋友交往,在改革开放前后的时代多有书信来往,弥足珍贵。从荒芜与丁聪、萧乾、李世南、姚雪垠、茅盾、范用等人的书信往来中,能够窥见改革开放前后国内知识界的思想状况和文学走向繁荣的事实，因为荒芜的“朋友圈”中均为同道人士，代表了领域的面貌，更是体现了7位先生的为人处世之道。无论是那个时代对社会的评价、创作理念的探讨，还是内心状态的坦露，迈入老年提到的生老病死，彼此的关心言语熨帖，真情所至，声气相通，肝胆相照，无不令人动容。

到如今，互联网的到来，是时代的进步。

到如今，手书信的远去，凝聚的是风骨。

目 录

丁聪：漫画家的家国情怀

知道丁聪，是因为他的漫画。2022年在上海出差，有了大半天的闲暇时间，如何打发呢？首选丁聪美术馆。它位于上海金山区枫泾古镇青枫街49号，成为我心底最大的精神满足。如今的枫泾古镇，已成为国家4A级旅游景区。丁聪美术馆馆内布置共分为三大板块，分别介绍丁聪父亲丁悚生平，丁聪生平、代表作和“小丁书屋”，以及丁聪与朋友，用讲解人的话说，这是集展示宣传、互动体验为一体的综合文化品牌艺术馆，已成为热爱丁聪漫画的人的打卡地。

据现场的人介绍，枫泾古镇是中国历史文化名镇，亦为新沪上八景之一。历史上，因地处吴越交会之处，素有吴越名镇之称；如今，它与沪浙五区县交界，是上海通往西南方各省的最重要的“西南门户”。这里是典型的江南水乡古镇。古镇周围水网遍布，镇区内河道纵横，桥梁有52座之多，现存最古的为元代致和桥，距今有近700年历史。镇区规模宏大，全镇有29处街坊，84条巷弄，是上海地区现存规模较大、保存完好的水乡古镇。这里素有“三步两座桥，一望十条港”之称，镇区多小圩，形似荷叶；境内林木荫翳，庐舍鳞次，清流急湍，且遍植荷花，清雅秀美，故又称“清风泾”“枫溪”，别号“芙蓉镇”。

这里的美，对于我这个来自黄土高原的人来说，简直就是人在画中游了。

丁聪，笔名“小丁”，1916年12月6日生于上海南市区，祖籍上海市金山区枫泾镇，这里原属于浙江省嘉善县，1958年并入上海市。丁聪少年时受父亲丁悚和老一辈漫画家影响，从而学习漫画。丁悚生于1891年，是二三十年代上海著名画家、上海漫画界和月份牌画界的核心人物和组织者。他组织了中国第一个漫画会，有着“中国现代漫画先驱者”之美誉。

1931年，15岁的丁聪在上海《新闻报》发表了第一幅漫画，并为上海漫画刊物《时代漫画》和《上海漫画》画漫画。20岁时，经黄苗子介绍，到当时风行中国的一本图文并茂的大开本刊物《良友》画报当美术编辑。黄苗子生于1913年，20世纪30年代初从香港到上海，从事美术漫画创作活动，当时先后任上海市政府租界办事处办事员，卫戍司令部中尉书记，上海市公安局科员兼大众出版社《大众画报》《小说半月刊》编辑，为我国当代知名漫画家、美术史家、美术评论家、书法家、作家，2012年1月8日去世于北京。

也就是在20岁那年，丁聪的作品参加了在上海举办的全国第一届漫画展。因为“聦”字的繁体字笔画太过于复杂，字显得过大，在张光宇的建议下，取笔名“小丁”。张光宇1900年出生，是漫画家、装饰画家。他于20世纪20年代至30年代在上海创办东方美术印刷公司、时代图书公司，编辑出版《上海漫画》《时代漫画》《独立漫画》等杂志，代表作有《西游漫记》等。

抗战时期，丁聪成为中华全国漫画界抗敌协会成员。他创作了大量的救亡漫画，参与编辑了良友图书公司出版的《战事画刊》《战时画报》等。良友图书公司即良友图书印刷股份有限公司，是中国第一家以图像出版为主的民营出版机构，1925年7月由伍联德创建于上海市北四川路鸿庆坊，1946年停业。《良友》画报于1926年创刊，是我国第一本大型综合性画报，先后由周瘦鹃、梁得所、马国亮、张沅恒等任主编，订户大多为旅居海外各地的侨胞，后被迫停刊。

全面抗战爆发，日本人占领上海后，丁聪和张光宇等人乘船到了香港。《良友》画报于1937年11月在香港复刊。得知丁聪等人到了香港，伍联德邀请其到《良友》画报工作。这期间，丁聪创作了《逃亡》《游击三代》《妈妈》《军民合作》等大量抗日宣传画。

1938年，叶浅予从当时的抗战中心武汉来到了香港。22岁的丁聪帮助他编印国共合作时期的国民政府军委政治部第三厅出版的《日寇暴行实录》和其他外文的对外宣传刊物。叶浅予是浙江桐庐人，生于1907年3月，20岁开始在上海当柜台伙计，他画过广告、教科书插图，并从事过时装设计、舞台美术布景等。1928年时任上海漫画社编辑，开始了漫画创作。全面抗战爆发后，叶浅予在上海组织漫画宣传队，参加了由郭沫若负责的政治部第三厅，投身抗日宣传工作。1939年在香港经办《今日中国》。他的漫画以夸张的艺术闻名，作品无不令人捧腹大笑。

丁聪在香港的4年期间，不仅参加了叶浅予组织的抗日战争宣传画展览，还参与举办抗日宣传画展，结识了廖承志、潘汉年等中国共产党员。他除了编辑画报外，还创作了大量的漫画作品。

1940年秋季，24岁的丁聪前往重庆，在中国电影制片厂任美工师，同时还兼任舞台美术设计。其中吴祖光编剧的《正气歌》，金山导演的《钦差大臣》，老舍编剧的《祖国在呼唤》，曹禺编剧的《北京人》《家》等，其舞台美术设计都是他的作品。因时局的变化，1941年初，丁聪、张光宇等人又转战到缅甸、越南等地。

1941年4月，夏衍主编的《华商报》在香港创刊。6月，苏德战争爆发。

1941年初夏，丁聪从缅甸经新加坡回到香港。在新加坡时，丁聪见到了作家郁达夫，两人交谈甚欢。郁达夫生于1896年12月，是新文学团体创造社的发起人之一。1938年12月，应新加坡《星洲日报》邀请，郁达夫前往新加坡参加抗日宣传工作，为躲避日寇，他于1942年2月前往印尼，1945年8月29日在苏门答腊西部一个小市镇被日军杀害。丁聪曾为郁达夫的小说《春风沉醉的晚上》画插图，至今仍被称为经典。

1941年9月，时任半月刊杂志《笔谈》主编的茅盾邀请丁聪担任刊物美术编辑工作，从此开始了他们之间大半生的友谊。茅盾曾写过一首五绝，题为《赠丁聪》。这首诗写于1980年6月，后编入上海古籍出版社1985年出版的《茅盾诗词集》。早在20世纪40年代，茅盾曾写《读丁聪〈阿Q正传〉故事图》，手稿由丁聪裱成手卷保存。"文化大革命"期间被抄，后失而复得。丁聪将此手卷带到茅盾家中请求题诗纪念。诗句朴实无华，却自然流露出一种真挚亲切感情。

1941年12月7日，太平洋战争爆发。日军占领上海公共租界。年底，香港沦陷。丁聪一行被转移到了内地白石龙村后，又向广西桂林转移。因道路等原因，路程达100天，直到1942年夏才到达。1987年，丁聪根据回忆画出了这一段经历，题为《东江百日杂忆》(又名《东江纵队100天》)，于1994年在深圳美术馆展出后被该馆永久收藏。

为什么叫作“东江纵队”呢？那是抗日战争期间，中国共产党在广东省东江地区领导创建的一支抗日游击队。

1942年5月2日，中共中央宣传部在延安召开文艺座谈会，毛泽东两次到会讲话，后以《在延安文艺座谈会上的讲话》为题发表。秋，丁聪一行辗转来到重庆。居住在一个叫作“碧庐”的地方。读了张燕君著的《百岁顽主黄苗子》才知“碧庐”的由来。书中记载：

为了方便更多的朋友居住，唐瑜将自己在昆明一家电影院的股份转让掉，在离“依庐”不远处租下一块地，亲自绘图设计、督工建造，盖起了一所可供十多人居住的大房子，并在客厅里砌了个漂亮的壁炉；与“壁炉”谐音，这所宅子被命名为“碧庐”。

……

这是座二层小洋楼，吴祖光夫妇、金山夫妇、戴浩、盛家伦、方菁、萨空了、沈求我等人都先后在这里住过。这些文化人虽然大多数无党无派，但都对共产党人怀有好感，其中一些甚至是八路军驻重庆办事处的常客。他们非常愿意在夏衍的领导下，做一些有意义的工作，共产党方面也常常选择在这里召开一些重要会议。

当然，夏衍、黄苗子、郁风、戴浩、冯亦代等人自然是“碧庐”的常客，丁聪和黄苗子更是在这里重逢。后来，秧歌剧《兄妹开荒》从延安流传到了重庆。在剧中，来地里送饭的妹妹骂假寐的哥哥是“二流子”。“二流子”三字，在陕西话里就是“游手好闲、不务正业的人”。这一称呼让“碧庐”里的住客觉得与自己当时的工作情况相似，用来比喻当时工作的不稳定以及白天休息、晚上创作的生活作息状态，颇为有趣。于是“二流子”的称呼被叫来叫去，成了大家自嘲的代名词。有一次郭沫若来到“碧庐”，听闻大家都自嘲为“二流子”，他提出，那么这里不如就叫“二流堂”吧。于是后来便有了“一流人物二流堂”的说法。

1943年春，27岁的丁聪随着吴祖光的中华剧艺社来到了成都。中华剧艺社为中国民间职业话剧团体，简称“中艺”。“皖南事变”后，重庆文化界进步人士纷纷离渝赴香港、延安等地。1941年5月，中共中央南方局委托阳翰笙等在重庆成立进步剧团，即“中艺”。“中艺”冲破重重困难，先后在重庆、成都一带公演过《屈原》《孔雀胆》《天国春秋》《升官图》《大地回春》《法西斯细菌》《长夜行》等剧目，对配合抗日民主运动和抗击反动文化逆流起到积极作用。1947年“中艺”停止活动。

1943年秋，应成都《华西晚报》副主编陈白尘邀请，丁聪为其主编的文艺副刊画鲁迅《阿Q正传》24幅系列连载插图。1944年创作完成，并请老刻工胥叔平刻成木刻，在《华西晚报》得以发表。据陈白尘先生晚年在《对人世的告别》中回忆，1943年同期，荒芜也是《华西晚报》的积极投稿人。

1944年初，经画家庞薰琹和吴作人介绍，丁聪到成都的四川省立艺术专科学校教书。庞薰琹时任该校教授兼实用美术系主任，吴作人是巴黎高等美术学校毕业生，为中央大学艺术系教师、国画大师徐悲鸿的门生。

1944年夏，丁聪前往灌县（今都江堰市）和青城山旅游。在青城山的天师洞，遇见了徐悲鸿和廖静文。徐悲鸿见到丁聪的彩墨作品《花街》，爱不释手，说“没有看见一个中国人这样画过”。他要走了《花街》《阿Q正传插画》等作品，并付了作品裱画费。徐悲鸿还画了一幅画送给丁聪，题字为“小丁吾兄，方家指正”。就在这一年，丁聪加入了中国民主同盟。民盟于1941年3月在重庆秘密成立，当时的名称是“中国民主政团同盟”，主要由从事文化教育以及科学技术工作的高、中级知识分子组成。

1945年8月15日，日本天皇发表《终战诏书》，宣布无条件投降。丁聪谢绝友人邀其去美国工作，返回老家上海，从事文化电影公司广告画工作的同时，积极投身上海民主运动。

1946年秋，丁聪与庞薰琹、吴作人等人发起成立了上海美术作家协会。同年，《阿Q正传插画》由上海出版公司结集出版，书为64开，24幅图。裱布精装，书名烫银。许广平、茅盾、吴祖光分别作了序，黄苗子写跋。一本小书，集中了这般阵容，可见大家对这本书的爱重，以及丁聪的人脉。该书是丁聪的第一套书籍插画，也是他涉足插画的成名作。但这24幅图的再现之路，却十分坎坷。

荒芜在1953年曾亲任责任编辑，请杨宪益戴乃迭夫妇译成英文《阿Q正传》，欲将这24幅图配入，向世界发行，却不幸受阻。直到2000年，由外文局新世界出版社再版了英汉对照本，才由陈友升等后来者继任责任编辑，完成了多位前辈的心愿。此时，只有杨宪益前辈还在世，曾为此图面世奉献过的茅盾、荒芜、戴乃迭、唐弢、陈白尘众前辈均已离世。84岁的丁聪老人为此激动万分，写了千余字后记，追述此事前因后果。

1947年秋，31岁的丁聪因时局原因，陪同茅盾乘船前往香港。这期间创作了除在成都创作的《现象图》外的第二个长卷《现实图》。同年，丁聪与凤子、叶以群、马国亮等出版文艺刊物《人世间》。凤子任主编。

1948年9月至12月，辽沈、淮海、平津三大战役相继打响。

1949年，丁聪与一群进步文化人士从香港乘船经天津回到北平。7月2日，参加中华全国文学艺术工作者第一次代表大会。9月，随中国代表团参加在匈牙利布达佩斯举行的世界青年代表大会和世界青年联欢节。9月21日，中国人民政治协商会议第一届全体会议上，丁聪被安排为列席人员名单。10月1日，中华人民共和国成立，北京30

万人在天安门集会，开国大典隆重举行。

1949年至1957年，丁聪任《人民画报》副总编辑兼编辑部主任，任期长达8年。《人民画报》于1946年8月1日创刊于河北省，1950年7月在北京重获新生，是新中国出版的第一本面向世界的综合性摄影画报。1949年5月，丁聪还参加了中华全国青年第一次代表大会，任中华全国青年联合会常委兼副秘书长，后还兼任中国摄影家协会副主席等职务。

1956年12月31日，40岁的丁聪与29岁的沈峻结婚。沈峻祖籍福建，出身望族，曾祖父沈葆桢，系林则徐的女婿。两人因丁聪的妹妹丁一薇相识，并在《人民画报》负责人的撮合下，喜结连理。

1957年6月8日，中共中央发出《关于组织力量准备反击右派分子进攻的指示》，全国“反右”运动开始。正值丁聪妻子怀孕之时，41岁的他走进了人生的昏暗时刻，被打成“右派分子”。1958年3月，荒芜与丁聪同期到北大荒接受监督劳动。荒芜被下放到八五三农场，在完达山伐木；丁聪被下放到八五〇农场云山畜牧场。他先后参加了修建“五一”水库和云山水库的劳动。据《艺术家丁聪的北大荒情结》一文记述，丁聪回忆当年在工地劳动的情景时说："真是一辈子也忘不掉的，劳动强度相当大，铲土运土，抬土上坝，来往穿梭，好在我当时才40岁，身体比较棒，拼命干活，也就把心里的苦闷丢在脑后了。"为了不荒废时光，丁聪临来北大荒时，偷偷从家带来一卷日本宣纸，卷得紧紧的，塞在箱里，生怕旁人特别是领导发觉，空闲时，他就偷偷地画，或者追记工地劳动时的场景和人物。没有尺子，他就把皮带解下来，比尺子还方便，旁人也发觉不了。

1959年初，丁聪被调往《北大荒文艺》编辑部，与吴祖光一起工作，为美术编辑。在此期间，一半时间劳动，一半时间在杂志做美术编辑。丁聪为《北大荒文艺》画了不少插图，笔名不叫"小丁"，改为"学普""阿农"。

1961年，45岁的丁聪从北大荒回到北京却遭到原单位拒收，一时又无新单位接收，在家里加工成稿了一批反映北大荒军民生活的稿件。1962年摘掉"右派帽子"，被安排在国际书店推广科，主要任务是画书籍的宣传推广资料。同年，因落实知识分子政策，被认为在书店工作不合适，于是被安排到中国美术馆展览部监督劳动，主要工作为挂画、写标签、布置展览。

1962年至1963年，丁聪利用工余时间，在废卡纸片的背后，完成了《鲁迅小说插图》32幅。

1966年上半年，“文化大革命”开始，50岁的丁聪再次被扣上几重帽子，在单位监督劳动。

1969年，丁聪的父亲、著名画家丁悚因病去世，终年78岁。作为中国漫画的先驱之一，丁悚与马星驰、沈泊尘、钱病鹤等属于第一代漫画家，为辛亥革命和五四运动贡献了笔力。就在这时，丁聪未能获准奔丧，见上父亲最后一面。

1974年初，58岁的丁聪从天津静海团泊洼“五七干校”被转移到北京南郊黄村“五七干校”劳动，直到1976年10月“四人帮”覆灭。

“文化大革命”结束后，勤奋的丁聪为了弥补这20多年被浪费了的时间，先是从事文学书籍插画，创作了数量惊人的作品，其作品的数量超过了以前作品数量的总和。

1978年开始，丁聪为老舍的作品《骆驼祥子》作系列插图。老舍的《四世同堂》《骆驼祥子》等作品，在“文革”期间，无法再版。直到“文化大革命”后，才得以再版。丁聪写给荒芜回信说到了自己近期接到的大活儿。丁聪和荒芜在北大荒曾经“同是天涯沦落人，相逢何必曾相识”。见信如下：

荒芜兄：

信早收到。总想抽空去看你，不是热就是雨，一直耽搁下来了，甚为抱歉！

你忙得怎么样？你的平反已见报，不简单。你介绍的摄影人员，我处无法接受，人事问题，我从不插手。要去的人不少，由他们去纠缠吧！

目前正忙于搞《四世同堂》的插图。全书70多万字，光看一遍就得个把星期。絜青老大妹之托，不能不接也。稍凉些时，约个时间聊聊如何？

俪安。

小丁

14日

1979年，丁聪为老舍的《四世同堂》作了插图，共计20幅系列作品。在这一年，他还为老舍的《牛天赐》《老张的哲学》《二马》等作了插图，还为老舍作品英文版《正红旗下》《茶馆》设计了封面。这些都来自老舍先生夫人胡絜青的请求，丁聪作为朋友，当然欣然应允。丁聪是老舍在重庆时期认识的老朋友，早在1946年6月5日，老舍在纽约给吴祖光先生的信《纽约书简——致吴祖光》，文末就有“丁聪兄不另”的话，这封信后来发表在当年7月16日出版的《清明》（第三期）上。

老舍生于1899年2月，1931年7月与胡絜青成婚，1951年被授予“人民艺术家”称号。1966年在北京太平湖投湖自尽。胡絜青生于1905年。她早年就读于北京师范大学国文系，并随著名画家汪孔祁学习美术。1951年左右拜齐白石为师，深得真传。她擅长花卉翎毛，能工能写，花卉画仪态万方，花鸟画或严整工致，或笔简意深。老舍的含冤去世，给她带来极大的打击，她先后整理和编辑了《老舍生活与创作自述》《老舍剧作全集》等，出版了《散记老舍》《热血东流》等散文集，撰写了大量散文和回忆录，为今人研究老舍提供了丰富的鲜活资料。

胡絜青在《丁聪和〈四世同堂〉〈牛天赐传〉的插图》一文里说：

丁聪同志为天津百花文艺出版社出版的《四世同堂》作了二十幅插图，使这部作品的出版格外显得庄重和喜庆。

……

这次《四世同堂》在天津百花文艺出版社出书，我首先想到了丁聪同志的插图，丁聪爽快地答应了。他风趣地说，他现在已经是“老北京”了，老舍三十多年的愿望这次可以得到满足了。

胡絜青说“丁聪爽快地答应了”，是因为在40年代末时，集编辑出版家、作家和翻译家于一身的赵家璧，曾经请求丁聪为《四世同堂》作插图，丁聪当时还没有到过北平，他非常抱歉地说：“这可把我难住了，我爱这本书，我愿意画它，可是我没到过北平，我怕搞不好。”丁聪这种谦逊和坦诚的为人处世风格，真是令人尊敬。丁聪、老舍和赵家璧都是朋友，1947年时，赵家璧任上海晨光出版公司经理兼总编辑，出版了包括《四世同堂》《围城》等名著在内的“晨光文学丛书”和“晨光世界文学丛书”，影响很大。

2010年时，我在西安的一家旧书市，淘到了老舍著、丁聪插图的《四世同堂》，上册为第一部《惶惑》，下册为第二部《偷生》和第三部《饥荒》，为百花文艺出版社1979年10月第1版，共上下两册，上册定价1.20元，下册为同年12月第1版，字数500000，定价1.80元。扉页盖有“河南省汽车运输公司开封公司图书室”字样印章。

荒芜兄：

赐示敬悉。

万万没想到我谢你赠书而写的随便发点牢骚的信，居然受到足下欣赏，并推荐发表，真是不胜荣幸，可同时也有诚惶诚恐之感！看来，讲真话，是容易引起共鸣的，尽管不成文章。

为安全和避免射影大部分后来经过“改造”的诗人起见，修改是完全必要的，因此，我又去掉了一句话。

一叙之议，深合我意。最好具体约个日子。否则，目前大家都在忙，总不容易排上日程。你以为如何？

匆复，即祝

双安

小丁

14日中午

1954年12月，丁聪当选为政协第二届全国委员。1980年后，丁聪又担任政协第六届、第七届、第八届全国委员。尤其是，政协第二届全国委员共559人中，丁聪为中华全国民主青年联合会选举的10人之一。其他9人分别是于北辰、方光宇、吴晗、施如璋、孙孚凌、涂羽卿、郝诒纯、叶至善、关若鸾。作为全国政协委员，丁聪随团去天津考察回来，在给荒芜回信时，道出了自己忙乱的情景。见信如下：

荒芜兄：

随政协参观团去了天津地区，13号回来，手头的事全乱了套，该交的画稿，也没动手；该回的信，也没回。一日来，就忙于发《读书》的版式及题头，限期限刻的事，不由拖拉，除埋头赶这件事外，还去开了几次“学习”、“总结”会，至于脑子里还未完全清醒过来。

你寄来的诗，挂在墙上，排不上队（都是急件），刚又接要曹吾“脑袋”之信，因我手头无存底，已函《读书》，请他们给复印一张，如已发工厂，则恐怕比较麻烦些，到时再说吧！香港《文汇报》剪报，桌上找不到，似已退还给你了，《华侨日报》亦奉还。你提到“稿费”一事，不必寄钱来，最好能买些“小玩意儿”寄来，没有专门要求，好玩就行，不知办得到否？

叶公处，不必提醒，请客事，不可硬敲。也许他有不便之因，我意听其自然为佳。

“豫园春”于前天中午同范用等一起去尝过，东西不错，就是排队买票，站在吃客座后等着抢楼上的一付（副）馋相，显得“猴急”之至。也许时间不恰当，正是上座之际。得空当和你一起去一试。你现在的“胃口”如何？去检查过未？念念！

月底前，要交老舍《二马》的插图20幅，上个月答应的（也不能不答应胡絜青之请求），至今还未动手，思想包袱很重。天天忙于应付约稿，弄不好还得挨批，又学不会“处世哲学”，怨谁去！

怕你着急，匆匆草此，祈谅。

祝

双安

小丁

16日

老舍的长篇小说《牛天赐传》由宁夏人民出版社于1980年11月第1版第1次印刷，印数30600册，定价0.80元。封面、插画为丁聪作。这部小说创作于1934年3月至

8月，即老舍在济南时期，最初连载于《论语》杂志半月刊，由日本的神谷衡丰于1942年在日本翻译出版，这是1949年后第一次在国内再版。

1963年至1966年，丁聪与老友龚之方合作给香港《文汇报》的《北京小事记》栏目撰稿，龚之方文，丁聪画。丁聪共画漫画300多幅画，题材多为老百姓的日常生活，如买粮食、看戏、打扫街道等场景。1979年1月，《读书》杂志创刊，生活·读书·新知三联书店的总经理范用和作家冯亦代邀请丁聪去《读书》杂志参与编务，担当编委。从创刊号起，丁聪为《读书》设计封面、画版式。同时每期发表1幅到3幅漫画以及中外文化人物肖像画。他的漫画专栏从未中断，这一画就是27年。

《三联生活周刊》主编朱伟曾撰文说："具体到我对丁先生的敬仰，则始自知道他从《读书》杂志创刊，就一直为它画版式之后。《读书》杂志创刊于1979年，封面也是丁聪先生设计的，一种厚重中的质朴，我一直觉得后来这个封面被更换是一种遗憾。版式是丁聪先生一页页画在版式纸上的，他每期一幅漫画，碰到重要作者，就以一丝不苟的素描为题图。《读书》创刊之后20多年如一日，每月编辑部把每期发稿抱到他家里，他总在要求的时间内，工工整整从第一页排到最后一页。三联书店当初给我等晚辈的无穷吸引力，就在于这些文化前辈身上被岁月抹不去的味道——相逢无老无少，自然就无老少辈分之隔阂；大家挤在一个小饭铺中吃吃喝喝，就乐呵出无穷之兴味。这是一个难得不似单位又没有约束的欢乐之地。”

荒芜和丁聪经常约见，总是没有成行。荒芜要去看叶笃庄夫妇，叶笃庄生于1914年，2000年因病去世，是我国农业经济学家，也是翻译家。1951年他组织翻译、审校了《米丘林选集》《米丘林全集》《全苏列宁农业科学院1948年会议记录》《赫胥黎自传》等。受当时新闻出版总署副署长周建人委托，吴晗找到他，要求重译《物种起源》，从此他走上了翻译达尔文著作的艰辛之路。他的职业生涯自翻译开始直至翻译结束，一生都在字里行间行走。直到1998年，他去世的前两年，他主译的《达尔文进化论全集》13卷本才得以出版，字数在500万以上。可以说，使国内各界了解达尔文进化论，是他为世人做出的极大贡献。

临近春节，丁聪和荒芜相互问好。荒芜委托丁聪画麦凯的头像，丁聪满口答应了下来。克劳德·麦凯是美国黑人诗人，原籍牙买加，1890年出生，1948年去世，著有诗集《新罕布什尔之春》和《哈莱姆的暗影》等。麦凯的诗风是传统的，但有较强的战斗性，是以现实主义态度抒写城市黑人生活和感情的第一位黑人诗人，也是第一位获艺术和科学学院奖的黑人，是哈莱姆文艺复兴运动的先驱和杰出代表。

荒芜是国内最早关注麦凯的翻译家。早在1943年时，荒芜从一本外文书的附录里，读到了麦凯的《如果我们非死不可》这首诗，非常受鼓舞和感动，于是荒芜就把这首诗翻译出来，投稿到《大公报》。后来，这首诗在《解放者》杂志上得以发表，被人们广为传诵。1986年，荒芜翻译出版了麦凯的自传《远离家乡》，这也是当时国内仅存的麦凯作品的中译本。

后来，荒芜还翻译了麦凯的《哈莱姆的暗影》等诗歌，受到了国内文学爱好者的追捧。荒芜恳请丁聪画麦凯，也是荒芜对这位哈莱姆文艺复兴"新黑人"主要代言人的尊重。见信如下：

荒芜兄：

示悉。

画头像事，拿来就是，不过不一定画得像。

13号以前，何时在家，一时难说。12号中午要去《读书》叙餐。另外，我现任“光棍”，随时即被人召去之可能，很难掌握主动，又无电话可供联系，够可怜的。

你要看叶笃庄夫妇，是顺路，如我不在家，将麦凯的头留下，反正，我抓时间就画。

总之，近期内当面一叙。

敬祝

春节好！

小丁

2月10日

作为翻译家，荒芜在《读书》杂志创刊后也多次在上面发表文章，如《漫谈鲁迅研究》（见《读书》1979年第1期）、《有赠》（见《读书》1979年第5期）、《师友之间，我所知道的朱光潜先生》（见《读书》1980年第6期）等，其中《师友之间，我所知道的朱光潜先生》一文还配发了丁聪画的朱光潜先生的头像，甚是神采奕奕。

正值北京的8月暑天，丁聪虽不喜欢运动，但是奥运会是难得的精彩。每天守候到电视机旁，看着运动健儿们的拼搏身姿，自己的心也随着运动员们紧张起来。见信如下：

荒芜兄：

信悉。天气闷得我心灰意懒，可限期交卷的事情还是不断；加上奥运会的转播又舍不得放弃，所以也自我紧张得很。

不是稿酬的稿酬，暂存你处吧，待天气稍凉时，再到老地方一叙如何？（东风二楼）

为了怕打传呼，只能书信往来，这种情况，不知到“第四次浪潮”时能否改善？人生也有限，希望能等得及！

苏子“一军”，把山西“将”跑了。近年来，稿费标准冻结，能以剥削文人的事业，越来越兴旺，一叹。

匆此即颂

安福　夫人均及

小丁

8月3日

稿费是作家们辛勤劳动的酬劳，但是丁聪始终不把稿费放在心里。他的肖像画刊登在刊物上，小得像题花一样，精简、准确而又有装饰感的勾勒，真是美而有趣。丁聪一辈子画得最多的就是文学插图、漫画和肖像画。但是他画得用心、画得用力，正如他曾经说的一样，“画小画，费大劲”，始终在“方寸之间，纵览人间冷暖”，真是“笔笔有结构、秩序和质感，线条相互穿插且气韵不断”。见信如下：

荒芜兄：

信和稿都收到。因忙，因热，未及时回信。萧乾何时走？碰头的地点、时间都由你定吧。上次寄上的插图收到未？来信未提及，望告。这次的诗，我不敢画，因国内未登过这类消息，吾辈虽有良心，但还是少惹此事为上，特函向你“示弱”。

每年盛夏，我总是忙于为人搞插图。今年尤甚，几乎弄得我“心灰意懒”，宁可退出这个行业，过几天“太平日子”吧。

何日能熬出个头来？一叹!!

祝

双安

小丁

7月21日

丁聪曾经说过，其实也是发个牢骚，说画漫画有个屁用。但是他还始终在画，因为牢骚归牢骚，他爱啊，他要把自己浪费掉的时间抢回来，甚至他说画了也白画，白画也要画。这就是一个漫画家的坚持和执着。他的活儿多得干不完，所以发牢骚给自己的朋友荒芜诉苦，说“宁可退出这个行业”。

20世纪80年代之前，丁聪始终没有自己的书房。两间不大的居室，一间住了岳母大人和儿子，另一间则是他们夫妻的卧室。他买来的书就堆在他们卧室的几个书橱和床下、地上。解决房子的问题花了很长时间，所以在信里，他只能向自己的朋友埋怨上几句。见信如下：

荒芜兄：

你13日的信，我于14日上午收到，速度之高，颇出意外，愿其他事情，都能如此，则在所剩不多的余年里，还有不少事可干。可惜我碰到的，尽是效率特低的事情，例如我的住房问题……

承不弃，要我插些图，不胜荣幸。“油腔滑调”之画，老兄居然不怕辱没了大作，焉能不画？拿来就是了。

我去西安是79年春的事，距今已有年矣，平时甚少外出，怕扰别人的宝贵时间，遛马路一则太挤，二则亦无当年精力，除新华书店不能不去外，一般少“轧闹猛”。老友有约，还是去践的。何时见面？盼先告时间、地点，以便摒除杂务，好好叙谈一回。

亦代来信约我，原来打算即去，可是一拖又将个把星期了。这几天内要发《读书》稿，赶完后一定去。或者三个人约在一起叙叙如何？

盼复！敬祝

近安

小丁

14日中午

冯亦代先生是中国当代翻译文学史上，集出版家、散文家和翻译家于一身的著名学者，出生于1913年，1940年时与戴望舒、叶浅予、丁聪等人发起创办《耕耘》

杂志。1947年，与凤子、丁聪等人出版综合文艺刊物《人世间》，后来凤子去华北解放区前，将《人世间》托付给冯亦代和姚平，出版到上海解放，冯亦代为《人世间》写《书人书事》专栏。1946年夏，33岁的冯亦代加入中国民主同盟，与丁聪同为民主同盟会员。1979年时，《读书》杂志创刊，受陈翰伯邀请，为《读书》杂志发起人并任副主编。他和丁聪是相识相知了半辈子的搭档，在《读书》杂志，丁聪画专栏漫画，而冯亦代则开辟《海外书讯》，为读者介绍翻译作品，两人常有见面和通信。

前面说过，荒芜参与创办过《诗书画》，这份报纸的创刊号由藏友王海金保存至今。报纸为四开四版，套红印刷，为半月刊，每月5日、20日出版，报头由书画大家李可染题写。该报由黄苗子、曹辛之、郁风、荒芜、李平等5人担任主编，曹辛之担任执行主编，刘勇担任执行副主编。报纸出版发行日为：1985年1月5日。

这份《诗书画》报创刊号，编辑排版独到，版面设计考究，印刷精美。一版右侧报端为李可染题写的“诗书画”大红报头和出版发行日期。左侧报头显著位置刊登的是红色字体的编辑部致读者代发刊词标题《我们不要发刊词》。王海金曾于2020年4月在《收藏快报》撰文说道：

报纸中间部位刊登的是李可染大师创作的中国水墨画《九牛图卷》，画卷之上九牛造型独特，别具匠心，牛的正侧偃仰之态，老牛小犊之神，刻画得惟妙惟肖，各不相同。画面生动，情趣盎然。《九牛图卷》画作的右下方，刊载的是书法泰斗启功为《九牛图卷》所作的《题画诗》。报纸左下方，发表的是朱牧之先生写的精美华章《九牛颂》。报纸的二版，为“诗词书法版”。上半版，刊登的是荒芜的《茅公谈他自己的字和诗》，并配有丁聪为茅盾所作的素描画像及《茅盾先生致荒芜先生的亲笔书信》。下半版，刊登的是曾敏之撰写的题为《茅盾的北望诗》，并附有茅盾的《无题》《扇舞》两首诗亲笔手稿。报纸的三版，为“诗画版”，整版共刊发了一首诗、五幅画：分别为淮南的《太行铁壁》诗与王迎春、杨力舟合作的中国画《太行铁壁》，和刘光天创作的《冬林》版画，唐小禾与程犁合作的《楚乐》壁画，贺德华创作的《我的爷爷》油画及卢德辉创作的《渤海腋》漆画。报纸的四版，为“诗画印版”，全版共刊发表了四首诗、一幅画、九件印：分别为艾青的诗作《假如》，苏金伞的诗作《胎芽》，邵燕祥的诗作《一个人是一本书》，邹荻帆的诗作

《给一棵红柳》，李世南的画作《胎芽》，王镛篆刻的孙过庭《书谱》选句“岁月如驰”“学乃少而可勉”等。

1986年7月，应泰国国立艺术大学邀请，71岁的廖冰兄率广东美术家代表团赴泰国举行中国广东美术作品展。他回广州前辗转到北京，与丁聪一聚。就在这时，丁聪的住所有了电话，便就几件事儿一起给朋友荒芜去信。见信如下：

荒芜兄：

多日不见，甚念。

冰兄过京（去泰国开画展）匆匆回广州，临行前托我转送你一本他的漫画集，是岭南美术出版社出的豪华版。他说他不认识你，苦无时间约你一叙。

我现在已有个电话了：8022530，何时方便，请通个电话，再约晤面之期，如何？

匆祝

暑祺

问嫂夫人及闺女好

小丁

7月16日

廖冰兄，著名漫画家，1932年开始在报刊发表漫画作品。1935年毕业于广州师范学校，1938年在武汉参加漫画宣传队，后到皖南地区开展抗日宣传工作。1939年任广西地方建设干部学校宣传画教师，并任《漫画与木刻》月刊编辑，创作出版了《抗战必胜连环图》。1947年在香港加入人间画会，并在《华侨晚报》连载连环漫画《梦里乾坤》。1949年到北京参加第一次全国文代会，当选中国美协委员。1951年任广州市文联编辑出版部部长兼《广州工人文艺》主编。其创作多以广东水乡为题材，融中国画、西洋画、儿童画、版画、水彩、水粉画于一身，形成独特的艺术风格。2003年9月，荣获中国文联、中国美术家协会颁发的第二届中国美术金彩奖成就奖。作品有连环漫画《猫国春秋》《智公移山》等。

在信中，丁聪给荒芜说了廖冰兄转送书的事，苦于廖冰兄还不认识荒芜，只能让丁聪转赠给这位未曾谋面的诗人。这本《冰兄漫画——1930年至1982年作品选》，由岭南美术出版社出版，1985年5月第1版第1次印刷，定价12.50元。我在某旧书店曾见过，还有廖冰兄的题词，恕我当时对漫画无较大爱好，加之店家要价三千，只能忍痛放弃，但我用手机拍下扉页题词，收录于此，表达我的遗憾。全文如下：

黑龙江电视台拟录制反映我国漫画艺术百年来业绩的《中国漫画大观》，系长达数小时的巨制，由王大壮同志主其事，他为此奔走于京沪宁杭穗等地，征询漫人意见，诚伟大之壮举也，今遇访寒舍，乃以此选集赠之，聊表敬意。

廖冰兄

1986年3月10日

常言说，人的命各不同，书的命更是大不同。一个人，一生难得有几个知己。一本书，在图书馆里馆藏了十几年，也遇不上一个爱读它的人。王大壮先生是黑龙江电视台的高级编辑，生于1936年12月，擅长漫画，曾编辑大型文献系列片《中国漫画大观》《铁骨铮铮廖冰兄》等，获得了两次全国二等奖。《中国漫画大观》是展示中国漫画百年沧桑的35集大型文献系列片，他因为从小喜欢漫画，就以个人的力量承担起了这一项浩大而繁杂的工程，他从1986年开始，省吃俭用，历时近10年辗转大半个中国，集编、采、导于一身，才完成了这部作品，成为中国目前唯一一部详细介绍中国漫画的历史片，并在全国25家电视台陆续播出，真是功德无量。王大壮先生于2013年8月29日病逝，是我国漫画界的一大损失。

荒芜兄：

信与剪报早收到。因忙迟复为歉！

给夏公的书已托《读书》编辑部的同志送去，勿念。我附一小信，请他指教。

香港报寄还。稿费不要寄来，存在那里（即存在你的户头里，用途也同你一样，只是多给你添麻烦），寄回几块人民币，也派不了什么用场。

写作——为韩羽配的诗已拜读，不知有否经编辑改动？

最近又有不少事要应付。你有新作，寄来一试，定当及时赶配（只要能付诸形象的）。

亦代又到西安去了（已10多天），此公真是不要命。也许这正是他长寿之法，因他“好”开会。

匆复即祝

写作旺盛

小丁

卅一　晨

荒芜是外国文学翻译家，更是一名诗人，他以独特的“荒芜体”诗歌享誉文坛。丁聪和荒芜一样，信件直白明了，褒贬分明，都是古道热肠、坦诚待人的“真性情”人物。荒芜的人脉广、朋友多、活动能力强，在朋友们之间盛名不衰，许多朋友的作品，经他的热情推荐均已发表。

韩羽是我国著名的画家、评论家、漫画家，生于1931年2月。在绘画方面，他以幽默的中国画独树一帜。在文学上曾获鲁迅文学奖，在《荒芜旧体诗新编》一书中,《题韩羽戏剧人物画》的诗歌多达24首,《题韩羽漫画》多达14首，可见荒芜与韩羽之间的情感至深。荒芜诗、韩羽画的作品，在多家报刊发表。

丁聪爱书如命，看到自己喜欢的书，总是要去买上一本。住房扩大之后，丁聪终于有了一间自己的“书房”，大约10平方米。但他的书则早已从“书房”扩展到了客厅、餐厅，最后扩展到卧室，连床上也是半床旧被半床书。后来他的房子从两间扩大到三室一厅，起先觉得道路拓宽，但过去不久，书又从书橱中溢出，堆积在地上。

丁聪与冯亦代于1937年在香港认识，要求进步的冯亦代和当时进步文化人士都很熟，他们二人还曾一起在上海编过进步刊物。最后又因《读书》走到了一起。冯亦代介绍西方文坛作家的专栏《西书拾锦》，每次都是丁聪配图。冯亦代以朴拙而雅淡的文字，将外国文学的历史与沿革介绍给当时仍处于相对封闭状态的全国读者，打开了中国文化与世界连接的一扇窗子。老朋友丁聪多次找冯亦代，是花了一些日子的。见信如下：

荒芜兄：

来信又及神速。为找亦代，耽误了些日子。昨天通了电话，他要去上海出差，月底回来。吾侪之约，只能再等10天了。

你的诗，"皮里阳秋"。不画或许能蒙混过关，一加形象化，则一切都暴露在"左视眼"之前了。例如：失业与待业，一字之改，学问甚妙，如果形诸画面，肯定通不过；你的得意之作"张学良"篇，意思亦甚明白，不致把诗意画出来，上方两位"古人"，不知是否能"抵赖"

得过去?！蘑菇类人化，也可加上丑化劳动人民的“桂冠”！我之所以不逊丑陋画此两图者，实以表我的心意耳。能否通去，在所不计。原稿奉还，匆祝

暑祺

小丁

20日

荒芜旧诗颇有功底，兼之能以新词入诗，而笔带讽刺，很有诗中杂文之味。自己的朋友来信，又要插画，可是真话还是要说，诗的味在酸甜苦辣中。“我的打油诗里都有点胡椒面，如此而已。好心的朋友劝我不要写，免得有朝一日再算账。但如癣疥之疾，一旦痊愈，反无抓挠。”荒芜在给朋友的一封信里，坦诚地表露了自己的心声，这其实也是他的个人写照。

丁聪从湖南凤凰游览回来，湖南是他的老朋友黄永玉的家乡，去了更是有一番味道。漫画家给漫画家画像，我觉得更有意义。廖冰兄和丁聪一样，漫画多以嬉笑怒骂的方式针砭时弊，振聋发聩。廖冰兄也自画了像，还在90年代时请荒芜题了一首诗。荒芜提笔写道：“创作从来不自由，钢刀脖颈各千秋。今朝细读冰兄画，打破砂缸白

了头。”听说廖冰兄的画像、荒芜的诗后来一起送河南巩义市神墨碑林文化园区办公室，并以石刻流传至今。

荒芜兄：

凤凰回来，就忙于埋头还画债。冰兄头像，今日才抽空画就，兹寄奉。近影由我直接还给苗子，反正不久就要一起开会，不必来回寄了。

黑龙江之物，还是听候你的吩咐吧！

匆祝

双安

小丁

3月11日

荒芜的《荒芜旧体诗新编》一书中，收录《题丁聪漫画》共12首。荒芜和丁聪作为曾经在外文出版社的同事和北大荒时期的同伴，始终无话不谈。即使到了晚上10点，丁聪还在给荒芜打电话，电话不通，到了第二日的清晨，便提笔写起信来：

荒芜兄：

昨天下午到晚上10点，接连跟你打电话，耳朵里老是“嘟、嘟、嘟……”，无奈，只能写信。

你的诗，我画了6幅插图。2幅遥寄刘梦岚同志，其余4幅寄给你。我个人以为：《人民日报》只挑2首，可能其余的有“违禁”之语句，如《新钟馗》诗里，有些话太露骨。我当时尽能避免，求其可发表耳。写意以为然否？

希望能“耳谈”。

前次得罪小林，盼代乞谅！

祝合府安康

小丁

29日晨5时

荒芜与丁聪的创作，一诗一画，皆是相得益彰。《党建》杂志1988年第6期就有丁聪画、荒芜诗题为《跟收废品者的一段问答》，极具讽刺意义，诗全文辑录如下：

“茅台空瓶有没有？
高价回收六元九。”
“请问收回干什么？”

“当然为了装假酒。”

人心更比酒瓶贱，

买它十斤来喂狗！

这首诗写于改革开放后的80年代，到今天已经过去了30多年。即使到现在，报刊网络仍然充斥着“高仿酒真瓶装假酒上市销售，茅台空瓶回收高达百元”等社会新闻，已经让人见怪不怪。即使在科技发达的今天，真瓶装假酒依然是顽疾。上当者有之，品不出来者有之，打假挖不倒根者有之，真是令人哭笑不得啊。

荒芜离世后，舒芜在《读书》杂志发表《让伐木者醒来》一文。丁聪全凭记忆为荒芜画了头像配发这篇纪念文章，以寄托心中对这位老友的哀思。

萧乾：京派学者的豁达之路

萧乾是中国现当代优秀的小说家、杰出的记者和著名的翻译家。1910年1月27日生于北京一个蒙古族贫民家庭，原名萧秉乾。

1910年11月4日，清政府宣布缩短预备立宪期限，定于宣统五年（1913）开设议院。这一年，茅盾14岁。

1915年3月，鸳鸯蝴蝶派杂志《小说新报》在上海创刊。

1918年5月，鲁迅在《新青年》第4卷第5号发表《狂人日记》，为中国现代文学史上第一篇白话小说。

1921年，萧乾进入崇实小学半工半读。上午去地毯房干活，下午才得以上课。8月，郭沫若的《女神》由上海泰东书局出版，在当时影响巨大。10月，郁达夫小说集《沉沦》出版，为中国现代文学史上第一部白话短篇小说集。

1924年4月12日，印度著名诗人泰戈尔受邀来华讲学，抵达上海。作为蜚声世界的文豪，他主张东方精神文明高于西方物质文明、平等反抗，自然也得到了中国一众文人墨客的热烈欢迎。徐志摩、林徽因陪同翻译。

1926年左右，萧乾在北新书局工作。曾读过鲁迅的《呐喊》、冰心的《寄小读者》及刘半农等人的早期著作，给鲁迅、冰心等人送过稿费。

1929年，我国第一个无产阶级戏剧团体上海艺术剧社成立，首次提出了“普罗列塔利亚戏剧”口号。同年暑假，由外地回北平，改名萧乾。

1930年，萧乾考入辅仁大学英文系，半工半读。同年3月，中国左翼作家联盟在上海成立。

1933年，萧乾转入燕京大学新闻系三年级，结识斯诺。同年冬第一篇短篇小说《蚕》发表于《大公报》上。

1935年，萧乾从燕京大学毕业，经沈从文推荐，接替他编辑《大公报》副刊。1939年，萧乾离开香港奔赴欧洲，开始了7年的海外生涯。

1943年，萧乾领取了随军记者证，正式成为《大公报》的驻外记者，也是第二次世界大战期间欧洲战场上为数不多的中国记者。

1949年冬天，萧乾与荒芜相识于国际新闻局。之后，曾任英文刊物《人民中国》副主编。他们两家曾同住在北京羊市大街的宿舍大院中。

1953年初，萧乾调到人民文学出版社，任《译文》编委兼编辑部副主任。当时，文洁若正在整理一部由英文转译的苏联小说《百万富翁》，经萧乾校订润色后，甩掉了翻译腔，更接近文学创作，使文洁若深受启发，加之萧乾讲话诙谐，深深感动了她。

1954年4月30日，一辆三轮车把文洁若的衣服和书拉到萧乾的家，没有婚礼，没有誓词，也没有通知任何人，但他们两个人都找到了生命的归宿。文字是他们的媒人，新婚之夜，文洁若还在灯下看了一份等着下厂的校样。新婚不久，在文洁若的带动下，萧乾接连翻译了三本书：《莎士比亚戏剧故事集》《大伟人江奈生·魏尔德传》《好兵帅克》。其中，《莎士比亚戏剧故事集》印刷80万册，1980年由商务印书馆出版英汉对照本。

1957年春，萧乾被打成“右派”，前往位于河北省东北部唐山市管辖的柏各庄农场进行劳动改造。同去的还有人民日报社的资深记者季音，电影评论家、《文艺报》副主编钟惦棐，作家陈企霞等人。

1958年9月至10月，全国各地报刊纷纷刊文，对革命现实主义和革命浪漫主义相结合的创作方法展开热烈讨论。

1959年4月至7月，周扬、刘白羽、何其芳等人在北戴河召开会议，提出改进文艺工作中的十个问题。

荒芜和萧乾是老友。萧乾曾在《饮食的记忆》一文里写道："我有过一些喜欢吃并懂得吃的朋友，如已故的荒芜。50年代我们同住在羊市大街时，一天他老远把我拽到鼓楼附近一家小饭馆，请我吃了一顿炸肥肠——真是肥得满嘴流油。他边自己品味边殷切地问我：'咋样？'我的回答倒也还老实。我说：'好吃是好吃。可要我为它跑半个北京城，我划不来。'"

2022年底，我通过出版人屈炳耀先生拿到了萧乾写给荒芜的信，顿时热泪盈眶，80年代的文学荣光再次展现在我面前。在信中，他和老友荒芜无话不叙，讨论作品，告诉近况，对人生的总结等。这些信件，是萧乾80年代时期创作、思想和社会活动的真实反映，也会成为萧乾研究者的重要资料。萧乾写信时有个习惯，就是不注明年份，拿到这些信件，结合有关史料，我花了一些功夫进行了年代考证和场景的还原。

萧乾因在湖北咸宁的"五七干校"劳累过度而患冠心病，1973年2月返回北京探亲并医治。7月，文洁若正式调回人民文学出版社。1979年2月平反后，69岁的萧乾被任命为人民文学出版社顾问，他和文洁若的生活才算安稳了下来。见信如下：

荒芜兄：

别后次日，因洁若回京（已正式调回出版社矣），所以又与她同去了一次永玉处。永玉告诉我，许多友人都怂恿他接受“李闯王”这个任务，他自己也跃跃欲试，甚至已向一位研究明末清初的历史学家借来一些书籍，总之是十分起劲。他要我问您：

①请先征得姚的同意，如果姚同意由黄来插画，是不是介绍他们直接通讯？

②希望尽早把姚已出版及未出版的部分给他一读——为了做到后一点，是否请姚通知青年出版社一下，征得同意？

我对此事本不乐观，没料到这个媒至少这一方做得很好。你在学部离黄处颇近。望便中和他们进一步的面洽。

洁若现暂住黄亭子，日内我如病好（生了场病），当偕她趋家访晤。匆问

近好

弟乾上

7.9

黄永玉后来撰文回忆说："多少年之后的某一天，好友李荒芜来找我，说姚雪垠要请我为《李自成》作插图，我告诉荒芜实际情况不可能。一、我在为北京饭店搞美术设计，工作很忙；二、为《李自成》一书去认真研究史料太费力，不值得。荒芜还是缠住不放。我们在北京饭店几个画画的为了搜集创作资料旅行到汉口时，姚还有信追到汉口，我没有回信。"

时过久日之后，萧乾与跟潘际坰等几位老友在康乐酒家吃饭，一进门又碰见热心而诚笃到家的荒芜，说要和黄永玉谈件事。黄永玉在文中说：

我说："你甭谈，我先谈，我从没考虑过为姚雪垠作插图，请他放心。你还有别的事要谈吗?"荒芜说："就这事。"我说："好，就这样?"荒芜也说："好，就这样!"

就这样，姚雪垠长篇小说插图之事，就没有了音讯。1981年6月，长篇历史小说《李自成》由中国青年出版社出版发行，印数量大，蔚为大观，插图为王绪阳、贲庆余。王绪阳生于1932年3月，擅长中国画，1952年毕业于东北鲁艺美术系，后留校任教，任鲁迅美术学院中国画系教授等。贲庆余生于1929年，为王绪阳大学时的师兄和工作上的同事，两人共同创作的《童工》等优秀的连环画作品堪称经典。

1981年8月，由荒芜翻译的美国诗人保罗·安格尔的《中国印象》由福建人民出版社出版发行，印数3500册，定价0.60元。萧乾12月17日在开作协理事会期间，与来京参会的上海诗人王辛笛见面，话语间谈起了诗人荒芜，回来萧乾便写信如下：

荒芜兄：

您好！我今天去开作协理事会了，21日可结束。昨晚老友王辛笛造访，谈起吾兄，他对兄之古体诗十分钦佩，只苦于买不到。又闻兄译的Engle（安格尔）诗出版，问我代他索求，不知兄可否见赠？如可以，请直寄：

上海南京西路1173弄3号25室　王辛笛

（其夫人名文绮）

回来后，望来聊聊。匆问

近安

弟乾上

12.17

王辛笛生于1912年，1935年毕业于清华大学外文系。1936年至1939年，在英国爱丁堡大学英国语文系进修。回国后，历任中国作协理事、上海作协副主席、市政协常委等职。1981年因与其他8位诗友出版40年代创作的诗歌选集《九叶集》，被称为“九叶诗人”，代表作为《手掌集》等。王辛笛对荒芜的古体诗喜爱有加，对荒芜译的刚出版的《中国印象》也颇为喜欢，萧乾便写信代向荒芜索赠。王辛笛的妻子名徐文绮，两人患难相依逾50载，被传为佳话。徐文绮本是才貌双全的名门闺秀，与辛笛结合后，放弃了优越的工作，成为辛笛身后的女人，洗尽铅华，尽敛锋芒，也成就了自己“才子佳人、柴米夫妻”的一生。

1980年10月，70岁的萧乾因肾结石生病住院，达3个月之久。1981年，萧乾在病床上继续翻译易卜生话剧《培尔·金特》。12月，《外国戏剧》发表《培尔·金特》全译本，香港文学研究社出版《萧乾选集》。

友人间常以书信来往，见面机会颇多。直到1984年，萧乾家中有了电话，便写信告知老友，以便随时联系。告知荒芜其住在姚雪垠家对面，并告知了自己的近况。见信如下：

荒芜兄：

很久没见了，近况如何？如在复兴门，请来一叙。家中电话为86–7653，在姚公对面。我一切尚好，只是会多，外事活动多。

祝好。

下周较空些。

弟乾上

1.17

1984年1月27日，国家名誉主席宋庆龄诞辰91周年纪念日，中共中央、全国人大常委会和国务院在上海宋庆龄陵园举行了宋庆龄雕像揭幕典礼。

宋庆龄生前最信任的朋友和同志爱泼斯坦也参加此次活动，现场写诗一首，当《人民日报》要发表时，未能找到合适的人选翻译成中文。

爱泼斯坦写的诗由谁翻译呢？萧乾和王伟商量，只有自己的老朋友荒芜才能完成，且能完成好，便写信如下：

荒芜兄：

你好！

爱泼斯坦代为宋庆龄基金会揭像典礼写了一首诗，《人民日报》要找人把它译出发表。爱泼斯坦谦虚说，写得不好，没有位能手给润色（指译时）。我同王伟商量，这任务只有兄能完成之，并相信你不至见拒。他们春节后来奉访，嘱我即日奉函解恳，务致玉成。即颂

春安

并祝春节快乐

弟乾上

2.1

2月1日写完了信，萧乾于2月6日又给荒芜写信一封，并欢迎荒芜随时来他家喝茶叙旧。1983年，萧乾一家搬迁到了北京复外大街一幢条件较好的高层住宅，他们夫妇各自有了自己的书房。他的新居条件改善了不少，但是按照他的职级和社会地位，可以住得更好一些，领导曾三次安排他换个更大的地方，都被他婉言拒绝了。

萧乾还给自己的老友荒芜提到坐公交车的方式，真

是心细至极，无微不至。具体见信如下：

荒芜兄：

示悉。希望你的咳疾早早痊愈。爱泼斯坦之诗，当由宋庆龄基金会派人面恳，节后即造访。弟处晚间楼梯无灯，十分暗。弟又有早眠习惯，望下午来饮茶，且望顺便而不是专程来。□□□友人颇有几位也。来前如能赐一电话（86-7653）更好。节后2月10日上午肯定有全国政协文化组之会，其他尚不知。□□□搭114，5站即可达外文局。出访亦重讲点运筹学。一笑。家钦兄可能是多年积劳闷郁所致。便请告知其病房和探视时间。他家人则几次来电嘱勿去看。匆问

春安

弟乾上

2.6

荒芜和萧乾的老朋友符家钦生病住院，萧乾的心牵挂着，他多次欲前往医院看望，均被家属来电婉拒。符家钦生于1919年，1943年毕业于国立中央大学中国文学系，历任中国大百科全书出版社英文组组长，知识出版社

副主任，《人民画报》主任、编审。自1950年起，符家钦和萧乾成为国际新闻局同事，在工作和生活中，他们俩亦师亦友，萧乾对符家钦提携帮助甚多。美国汉学家金介甫于1972年开始研究中国作家沈从文，1977年以《沈从文笔下的中国社会与文化》一文获得哈佛大学博士学位，这本书奠定了他撰写《沈从文传》的基础。1980年夏天，为了更好地研究沈从文，金介甫来到了中国。除了和沈从文多次见面外，他还和沈从文的老朋友萧乾多次见面，后来还将萧乾的自传《未带地图的旅人》翻译成英文。1987年，金介甫的《沈从文传》由美国斯坦福大学出版社出版。出版后，金介甫将书寄给了沈从文，荒芜等人在沈从文的家里看到此书后，建议朋友符家钦翻译成中文版，作为老朋友的萧乾，对此更是热心不已，多次写信给予鼓励，这（［美］金介甫著，符家钦译）也是我们看到的国内最权威的版本，1990年10月由时事出版社出版。该书由汪曾祺于1989年9月18日作序，黄苗子题写书名。

我收藏的这本《沈从文传》，是符家钦于1991年2月28日敬赠给他人的，扉页上写着“效琦小姐教正　符家钦敬赠91.2.28京中”。这本书我于2016年淘于某旧书摊，对于一个文学爱好者来说，真是爱不释手。看到这本书时，我就不由自主地想起了老一辈作家的写作精神和为人处世，尤其是再翻开这本书时，符家钦译文的精准流畅，且又得沈从文笔墨趣味，真是令人受益匪浅。

1984年2月10日，国际文化出版公司在北京成立。秦川任董事长，丁玲、贝时璋、戈宝权、冯亦代、司徒慧敏、许力以、刘尊棋、李慎之、吴仲华、邵宇、萧乾、周而复、赵寻、钟沛璋、宦乡、高梁、钱三强、康岱沙受任副董事长，为中国唯一专为世界各国的各个领域、各种专业的作者提供出版服务的机构。

3月，萧乾被民盟中央常务委员会任命为文教委员会副主任，又受聘为《报告文学选刊》顾问。荒芜翻译完爱泼斯坦的《宋庆龄颂》后，得到了宋庆龄基金会的肯定，并送到了《人民日报》。在这封信中，萧乾建议荒芜多翻译国外的剧本，见信如下：

荒芜兄：

两次大示，尊译及书均收到，至（致）谢。兄在生病，弟在大忙。希望兄找点汤药。王伟说，宋基金会对兄的大译十分满意，说又快（两天后即交稿）又好，他们已立即送《人民日报》了，随后可见报。希望兄译点便于上

演之戏，剧团很缺外国剧本。匆问

春安

弟乾上

2.14

为了找到萧乾推荐荒芜翻译的这首诗，我买回来了1984年《人民日报》合订本。这本已经发黄的报纸合辑里，1984年2月24日星期五第8版刊登了爱泼斯坦作、荒芜译的诗，题为《宋庆龄颂》，全文辑录如下：

怀念你啊，已经三易星霜，
你以美、勇敢、坚贞，
为我们的时代增光。
艰难险阻中的一盏明灯，
胜利中的一部欢快乐章。

上海姑娘，
热情、沉静、闪闪发光，
你的成长多么不寻常。

受的是外国教育，却终身
为的是祖国家乡，
选择的是斗争道路，
尽管在安乐中生长。

跟前线的战士们
打成了一片，
共患难的则是
地下的共产党，
你的一切都为了人民、革命、
儿童、未来的希望，
当空是启明星的曙光。

谦虚，却受到全世界的景仰，
优美，却永远不屈不挠，
温和，却像钢铁一样坚强。

比你的汉白玉雕像
还要持久，
你那压制不住的

精神力量，

纯洁、不知疲倦、

无畏、始终一样，

点燃起新的、年轻的心，

为新的世纪增色生光。

1984.1.27

在上海参加宋庆龄同志雕像揭幕典礼时作

此诗译文发表后，反响甚好。爱泼斯坦本人读后十分高兴。他说："比我的原诗改进了。"他要同事代他向荒芜表达谢意。

1983年12月，《朱光潜美学文集》（第三卷）由上海文艺出版社出版发行，封面题签为叶圣陶。该卷选收了朱光潜先生新中国成立以来写作的单篇论文，按照写作时间分为三辑。第一辑写于50年代，多数为参加全国范围的美学讨论的论战文章。第二辑写于60年代，第三辑为作者80岁以后的新作，写于70年代后期至1982年间。朱光潜是著名的美学家、文艺评论家和教育家，生于1897年，笔名孟实，曾在英国、法国留学8年，回国后先后在北京大学、四川大学、武汉大学任教。他熟练掌握英、法、德语，几十年来编著有《文艺心理学》《悲剧心理学》《谈美》《诗论》《谈文学》《克罗齐哲学述评》《西方美学史》《美学批判论文集》《谈美书简》《美学拾穗集》等，并翻译了《歌德谈话录》、柏拉图的《文艺对话集》、莱辛的《拉奥孔》、黑格尔的《美学》、克罗齐的《美学》、维柯的《新科学》等。1986年3月6日去世。

《朱光潜美学文集》（第三卷）出版后，朱光潜先生给朋友们进行了签赠，并委托朋友张俊卿送给了萧乾。没想到的是，老朋友荒芜也送了自己一本，便在信中商议转赠书一事。在信中说，决定送给诗人绿原。绿原生于1922年11月8日，曾用笔名刘半九，是诗人、作家、翻译家和编辑家，精通英语、德语，又学会法语、俄语、拉丁文等，为“七月诗派”后期的重要代表之一，曾任人民文学出版社外国文学编辑室副主任、副总编辑等职务。

在信中，萧乾又告诉荒芜关于自己出访国外准备讲稿和美籍华人聂华苓及其丈夫美国中西部著名本土诗人保罗·安格尔等有关事情。见信如下：

荒芜兄：

今天偶尔翻读孟实先生的第三卷，才发现兄于5月16

日西安归来之信，甚感。书朱老先生送重了，弟处已有一册，且也是他题赠的，是春节托张俊卿女士带下的。这一卷内容十分重要。我赠何人？兄有想法否？（再退给老夫子们嫌不敬）如兄无人，弟即赠绿原兄，因弟再没美学友人矣。

弟近来仍是颇忙，政协开了十五六天（会），回来不久。8月又赴欧（西德、挪威）、美国访问，所以又在冒暑赶讲稿，颇以为苦。兄多来这一带，欢迎来一聚。我们可□□前往来频繁了。如能先来一电话，更好，以免扑空。

至于美国那个翻译奖金事，华苓说已向兄说明。原来通知她时即晚了。但她要求把推荐文件保留至下一届。另外，Paul Engle（保罗·安格尔）的回忆录明年将出版，这是他前几年写的。不知兄有意翻译否？弟已请他出后赠兄一册。

匆问

夏安

弟乾上

6.7

聂华苓生于1925年1月11日，是世界著名美籍华人作家，生于武汉，1949年前往台湾，1964年受聘于爱荷华大学（艾奥瓦大学），因创办国际作家写作室，被称为“世界文学组织的建筑师”，代表作有《一朵小白花》《千山外、水长流》《桑青与桃红》《三生三世》等。聂华苓的丈夫保罗·安格尔，生于1908年，是著名的爱荷华大学“国际写作计划”的创办人。1972年，聂华苓与美国著名作家、学者保罗·安格尔合作翻译出版了《毛泽东诗词选》，轰动西方文化界，尤其是美国汉学界。因为聂华苓夫妇，作家艾青、萧乾、汪曾祺、吴祖光、王蒙、丁玲、冯骥才、张贤亮、阿城、王安忆等作家的身影都出现在爱荷华大学，成为中国作家走向国外的一扇窗口。

另外，萧乾在信中提及的《安格尔童年回忆录》，由孙予翻译，直到1999年3月时，由东方出版中心出版发行。

萧乾一直忙着准备去国外讲学一事。值得庆祝的是，由亨利·菲尔丁著，萧乾、李从弼翻译的《弃儿汤姆·琼斯的历史》（共两册）由人民文学出版社于1984年4月出版发行，定价4.80元。责任编辑为黄爱和萧乾的夫人文洁若。书出版后不久，萧乾便委托朋友给荒芜送上。

1984年8月，萧乾应德国政府邀请前往访问。随后又应挪威奥斯陆大学东亚研究中心邀请访问挪威，作题为《〈培尔·金特〉在中国》的演讲，并受挪威国王接见。9月，应英国汉学家学会邀请，前往英国参加年会，并作演讲。访问欧洲期间，曾寄回《北欧来鸿》等特写，在《北京晚报》及香港《文汇报》发表。10月1日，自欧洲回国，18日参加中美作家会见。见信如下：

荒芜兄：

兹托友人带上弟刚译*Tom Jones*一册，祈指正。弟8月4日飞西德（16天），然后去挪威（14天）、英国（21天），国庆前可返京。匆问

近好

弟乾上

7.3

对于我这个热爱读书的后辈来说，淘书是一大乐趣。某年在旧书摊上，我竟然看到了萧乾的签名题赠本，担心被人抢了去，就花400元买了来。坐在公交车上，突然觉得自己有了一笔精神财富。书的扉页上写着："佩敏　达

飞同志指正　萧乾　于八四年。”

北京天桥始建于元代，因为这座桥是皇上每年往天坛祭天必经之桥，故名“天桥”。元代天桥的东面，河沟纵横，种植有荷花，岸边有桃树。80年代，此地仍产桃。萧乾便让王师傅给老友荒芜送去，可见老友之间情谊深厚。见信如下：

荒芜兄：

王师傅给你送来点天桥自产的桃子来尝尝。那天去看到了胡（他住在铁狮子胡同人大里面），一切顺利，请释念。弟忙于准备工作，紧张极了。即问

早安

弟乾上

8.8

1982年，著名报人、作家李辉在《北京晚报》工作时结识了萧乾先生。作为新闻界、文学界的老前辈，编辑副刊的高手，萧乾在多方面指点他，帮助他，让他获益匪浅。李辉曾撰文说：“他既是我的采访对象，又是我的作者。20世纪80年代他的几个重要的系列文章，如《北

京城杂忆》《“文革”杂忆》《欧战杂忆》，都是交给我在《北京晚报》发表连载的，当时他的这些文章曾产生很大反响。”1985年，李辉还在主持《北京晚报》副刊工作，有一次他和萧乾闲聊时，说想写一组关于老北京的文章，还得写出味儿来，这组散文就是后来在《北京晚报》连载的《北京城杂忆》。在给荒芜的信中，萧乾给老友说了这个信息。见信如下：

荒芜兄：

示悉。写了三封信，望兄试试。最好一家家地试。弟意先试三联（希望较小，但条件较好），文联次之，最后再试钟处。匆问

近好

弟乾上

11.6

（11月10日起，《北京晚报》将有弟一连载，望指正）

1985年4月27日至5月11日，武汉市作家协会为配合黄鹤楼的重建和对外开放，在武汉市委的努力下，与《光明日报》、《长江日报》、青年论坛和武汉作协等在全

国范围内联合发起了“黄鹤楼征文”，并主办了长达半月之久的“黄鹤楼笔会”，邀请了全国各地著名老一辈文学艺术家参加，期望以诗文记盛。荒芜将去武汉的信息告知萧乾后，萧乾委托了秦兆阳为自己办理车票。见信如下：

荒芜兄：

示悉。弟知秦兆阳去武汉，所以车票托他办了（原托绿原办，后悉绿原要提前走，去看他姐姐，所以改托秦了）。咱们只好在晴川旅馆见了。看来兄先到，我已去信李蕤，表示希望与兄同室（假若非二人一室不可，倘若每人一室，自然便不必了，那也仍望安排门住近一些了）。兄先到武汉，望审度优势，预先安排吧。船上舱位也望与兄同一舱（倘若二人一舱）。因我们二人一向谈得来，而如今住得如此远。可人又忙，所以希望那十几天多与兄聚一聚。望兄到后代弟再说一声。

听说，胡风也去，还有新华社李普。我们是26日中午上车，27日晨抵武汉，余面叙。祝

好

弟乾上

4.17

在信中，萧乾向荒芜说了两人要同住一室进行交流的意愿。为此，萧乾还提前向文学家李蕤写信说明。李蕤是河南荥阳人，生于1911年9月20日，1953年奉调到武汉任中南文联、中南作协第一副主席，《长江文艺》副主编，负责本次活动的落地执行等工作。

4月27日，萧乾、苏金伞、罗工柳、公木、阮章竞、邹荻帆、宗璞、秦兆阳、端木蕻良夫妇、严辰、荒芜、李普等20多人齐聚武汉，与湖北省文艺界的代表交流。在三峡游轮上，萧乾还同宗璞、绿原、端木蕻良等十几位一道在船上演唱了《老黑奴》，由曾卓用口哨来伴奏，博得了船上外国游客们的热烈掌声。

活动结束后，出版有由《长江日报》、中国作协武汉分会编的《黄鹤归来——黄鹤楼征文选》（光明日报出版社1988年2月出版）和黄鹤楼笔会办公室编的《黄鹤归来——黄鹤楼笔会专辑》等，收录作家作品多篇。其中有秦兆阳散文《黄鹤楼记》、端木蕻良《戚氏·呈黄鹤楼笔会用柳永原韵》、宗璞《黄鹤楼四绝句》、荒芜《黄鹤楼杂咏》、李普《黄鹤楼》等。

1985年11月，《诗书画》刊物的何去何从成为编辑部最为头疼的事情。对于一群有共同爱好和建树的人来说，这是属于自己的职业。萧乾写信给荒芜，鼓励他们将刊物继续办下去，并介绍了李庚和钟叔河两人。李庚是出版家、诗人，曾参与发动和领导南京“一二·九”学生运动，创办了《生活文学》《青年生活》等杂志，筹建了中国青年出版社、上海少年儿童出版社、中国少年儿童出版社等；1957年被错划为“右派”；80年代创办了中国文联出版公司，任党组负责人兼总编辑；于1997年病逝，时年81岁。钟叔河生于1931年，1957年被错划为“右派”，1979年改正后调任湖南人民出版社工作，1984年任岳麓书社总编辑。萧乾与钟叔河多有交往，曾称钟叔河为“出版湘军”的“长沙四骑士之首”。见信如下：

荒芜兄：

你好！建议你们一定要把《诗书画》坚持下去。能在北京最好——何不找找李庚（原中国青年出版社长，打成过“右派”，后为文联秘书长，说为中国文联出版公司负责人，很有魄力）。如需找湖南岳麓书屋（负责人钟叔河），弟可代为介绍。匆问

近好

弟乾上

11.1

1985年1月，由黄苗子、曹辛之、郁风、荒芜、李平主编，山西人民出版社出版的《诗书画》创刊。这是一种新型的诗、书、画三者组合的文学艺术小报，每半月出版一期。主要介绍海内外各个时期、多种风格流派的著名艺术家的精品，特别着重介绍反映现实生活、新艺术技巧的当代中青年诗人、书法家、画家的作品，设有《名家墨迹》《艺坛新秀》《诗情画意》《港台集锦》等栏目。截至1985年12月停刊，共出版24期。每期刊名均出自名家之手，分别是李可染、吴作人、李一氓、费新我、陈佩秋、刘海粟、启功、黄永玉、钱锺书、吴祖光、钱君匋、周而复、楚图南、董寿平、赵朴初、俞平伯、谢稚柳、张仃、黎雄才、吴世昌、王学仲、宗白华、夏承焘、罗工柳。

我收藏的这本《诗书画》（1985年合订本）弥足珍贵，令我爱不释手。在这合订本的1985年第24期第1版右下方，刊登有一则《致读者》。全文如下：

《诗书画》创办一年来，为社会主义精神文明建设做了一些微薄的贡献。如果能给大家留下美好的印象，我们将感到十分欣慰。但是，由于编辑出版等工作分处两地有诸多不便，因此，本社决定从1986年1月起，《诗书画》暂停出版。在工作将要结束的时候，我们——

谨向为编辑工作做出贡献的著名专家黄苗子、曹辛之、郁风、荒芜等同志及有关编辑人员致谢；

谨向热情关注，积极支持我们工作的各级领导、国内外报刊、著名画家、美术理论家以及书法家、作家和广大作者致谢；

谨向为《诗书画》的印刷、发行付出辛勤劳动的同志们致谢；

谨向关怀、爱护、支持《诗书画》的广大读者致谢！

山西人民出版社

1985年12月

荒芜翻译的《麦凯自传》（原名《远离家乡》）作为外国作家传记丛书之一，由浙江文艺出版社于1986年1月出版，印数2000册，定价1.80元。《麦凯自传》出版后，荒芜将书赠给了萧乾，萧乾读后，意见中肯。见信如下：

荒芜兄：

大作拜读了。一个印象是：写得渊博，有感情，有见地，不落一般论文窠臼。另一个印象是，内容比题目大得多，涉及整个黑人文艺复兴问题，后边甚至涉及评论问题。对麦凯和他的诗歌部分，我没有踌躇，应当尽早发表，□□是回到外国文学界的第一炮；但对于有些议论（包括尾部），我有些踌躇。即是说，如果我是此文作者，我不想那么写，至少此刻还不那么写。不说内容，从语气上也是挑战性质的。请兄再斟酌一下。另外还有个感觉，兄有所似乎以麦凯的辩护师身份出现，这样评论的客观性会不会受影响？这些，都请考虑。好在还有爱人朋友读兄此文。我对美国文学——尤其黑人文学一无所知，对诗歌也是一窍不通，只是一个普通读者意见，而且我头脑中“四人帮”东西也不少，没有兄解放。不过既是知友，我就毫无保留，对不？匆问

暑安

弟乾上

5.1

《诗书画》停刊已经半年，萧乾还记着给老友争取继续出刊的事情。到人民日报社开会，遇到了姜德明，还给其说起此事来。姜德明是著名作家、藏书家，著有《书叶集》《清泉集》《雨声集》《与巴金闲谈》《姜德明序跋》等。姜德明第一次见到萧乾，早在1951年，那时姜德明还是北京新闻学校的学生。1956年夏，姜德明已从人民日报社读者来信部调至文艺部，萧乾时任人民日报社文艺版的顾问，两人交情颇深。萧乾曾为姜德明的一本散文集写序说，他是一位同时从事着写作的编辑。萧乾视他为同行、知音。见信如下：

荒芜兄：

你好！今天上午人民日报开会知，姜德明（原负责八版）已改负责人民日报出版社了。当我向他建议由他们来出《诗书画》，他听了颇感兴趣。倘兄也感兴趣，何不去一谈？

弟为小嫩找出一批对她有用的刊物（《光明日报》业务学习刊物）数十册，有人更请她来一册，曾写信至环卫局，她不出。希望她早日走上新岗位。

祝好

弟乾上

5.14

荒芜的女儿林玉在“文化大革命”期间，一直在外地当制药工人，后来通过对换工作才回到了北京。就在这时，萧乾还一直关心着她的工作落实问题，并向荒芜介绍了天津的刘柏丽。见信如下：

荒芜兄：

你好！小嫩真是个谜。她还在旅游？工作如何安排了？时在念中。

近有天津刘柏丽君来信，并附了在《诗书画》上的译文，觉得是位能手，不知兄对他（她）有何了解。

弟秋间将去纽约大学一个月，其他时候，不拟他信。（明年1月去港。）如来这一带，望与我一叙。即颂

暑安

弟乾上

7.14

刘柏丽生于1928年，著作有《柏丽诗词稿》《怒湃译草》等，尤擅以诗词曲翻译外文诗歌。1985年9月5日，《诗与画》第17期第4版发表了柏丽翻译的英国诗人雪莱的作品《西风颂》。在该诗发表后，刘柏丽给萧乾写信同时，将该期样报寄送，其翻译的质量受到了萧乾的称赞后，双方多有通信。文洁若曾在《万叶集精选》中译本序中提道："1990年，承蒙天津刘柏丽同志寄赠她译的英汉对照插图本《怒湃译草》([波斯]莪默·海涌原著，爱德华·菲茨杰拉德英译)。拜读之后，我深受启发。她这部译作，每首诗都有'七绝'和'语体'两种译文。我就参照该译文的格式，把同一首和歌的几种译文一道编进去。"从文洁若的文中可以看出，刘柏丽与萧乾、文洁若夫妇交往颇深。

在信中，萧乾向荒芜说自己即将去纽约讲学之事，这时萧乾已76岁高龄。1986年8月19日，萧乾和文洁若夫妇应邀前往英国伦敦访问。10月，从伦敦赴美国纽约大学讲学，并应邀赴华盛顿访问，在约翰霍普金斯学院讲演，于11月上旬回国。12月22日，萧乾和文洁若夫妇应邀前往香港中文大学讲学，任1986至1987年度"黄林秀莲访问学人"。直至1987年1月，还先后在香港中文大学和香港大学讲学。

1990年8月，应时任译林出版社社长李景端邀约，萧乾、文洁若开始接手翻译有“天书”之称的（现代派）意识流扛鼎之作《尤利西斯》。历时4年，历尽寒苦，终于完成了首部中文全译本《尤利西斯》的翻译工作。1994年4月，由爱尔兰作家詹姆斯·乔伊斯著，萧乾、文洁若译的《尤利西斯》（三卷本）由译林出版社出版，印数30000册，定价12.00元。时年萧乾已84岁，文洁若67岁。

1999年2月11日，著名记者、作家、翻译家萧乾在北京去世，享年89岁。

2005年，萧乾诞辰95周年之际，文洁若主编的《萧乾全集》问世。文洁若一生专注翻译，是我国个人翻译日文作品字数最多的翻译家，曾主编《日本文学》丛书19卷，翻译14部长篇小说，18部中篇小说，100多篇短篇小说，如《高野圣僧——泉镜花小说选》《芥川龙之介小说选》《海市蜃楼·橘子》《天人五衰》《东京人》等。井上靖、川端康成、水上勉、三岛由纪夫等人的作品，经过她的翻译，才得以被中国人熟知。

李世南：人物写意的美术大家

1940年11月，李世南出生于上海，祖籍浙江绍兴柯桥镇湖塘乡。父亲李向阳，母亲单月娟。儿时，母亲教他读书画画，《国朝名画集》《芥子园画谱》之类的书，都是家里书橱上的喜爱之物。临摹费晓楼和不知名画家的工笔仕女画，是他的功课之一。费晓楼原名费丹旭，1802年生，清代著名肖像画人物画家，以仕女画闻名，其画深得家传，于坡石、流水、杂草等无不精到，画作形象秀美，设色淡雅别具，代表作有现藏于法国国家图书馆的《风月秋生》，描绘的主题是元杂剧《西厢记》的故事。中学时期，李世南跟曾住在楼上的堂兄李平野学习法国素描。法国素描当时被称为唯美主义的素描，不同于新中国成立初期推行的苏式素描，这为李世南在日后的大写意现代人物画创作与笔墨表现，打下了扎实的基础。李平野1931年生，比李世南大9岁，17岁考入上海美专，在上海电影制片厂工作，师从刘海粟，后所画虎、马、牛等匠心别具。中学时的李世南，最大的愿望就是考入美术学院这座神圣的殿堂进行深造。可是命运总是捉弄人，他因家庭出身等原因未能如愿。

1956年，正值号召支援大西北，李世南的同学，有的去了新疆建设兵团，有的去了甘肃武威，他则报名去西安西电公司属下的西电技校，学习铣工。在苏联二战时期歌曲“再见吧妈妈……”的歌声和喧天的锣鼓声中，他挤上了去西安的火车，两天一夜终于抵达。

十三朝古都西安，东有临潼华清池，南有大雁塔，东郊的纺织城，城中心还有明代的钟楼，这座城市背靠秦岭，渭河汤汤。特别是招生宣传单上写着的位于西安西郊的电工城，百米宽的林荫大道旁，有许多苏式风格的建筑群。就是这些，吸引着这个在江南失意的年轻人。接这批来自上海的学生走向学校时，夜幕降临，颠簸着的汽车弱光下，西稍门外荒凉的黄土，还有驴车拉粪，让这位怀揣梦想的年轻人心里顿时难过起来。但既来之则安之，走在这片黄土地上，他迷上了粗犷的秦腔和陕北民歌，这成了他表达内心的声音。

李世南老师在微信里说：

我乍到西安，立刻爱上了陕北民歌和秦腔。许是我身体里流淌的是陇西李氏的血脉，我的先祖是杜甫《饮中八仙歌》中的李琎，唐之后我们一脉迁陟至福建，随后落户到绍兴。柯桥湖塘乡我家祖屋台门上，过去就曾挂着一对“陇西李”的大灯笼。

1958年4月，李世南到西安东郊某工厂实习。在这里结交了一位喜欢版画的实习生叶枝新，来自不远处的西北工业大学，这时他跟着叶学习起了版画。后来因为版画材料太贵而放弃，西安美协的版画家修军老师还写信给他表示惋惜。李世南的版画创作经历却又应了日后他的老师石鲁早期的创作。在东郊某厂实习的半年里，韩森寨工人俱乐部的宁恩宝老师成了他到西安后的第一位老师，他毕业于鲁迅美术学院。叶枝新是浙江慈溪人，1955年进入华东航空学院飞机设计专业学习。1956年，国家院系调整，位于南京的华东航空学院积极响应国家号召，整体搬迁至西安，更名为西安航空学院（西北工业大学前身）。毕业后，他被分配到西安飞机工业公司设计所工作至退休。

实习结束后，李世南被分配至西安高压电瓷厂金工车间铣工组当铣工。铣工是很苦的，可是艺多不压身。后来李世南被调到厂党委宣传部办厂报。他除了是厂报的记者外，还要画报纸上的插图，这使他十几年的爱好一下子派上了用场。他除了编印报纸，还以身边的生活为原型，就地取材画了不少漫画和版画，部分还发表在了《陕西日报》《西安晚报》《工人文艺》等报刊上。作为一名文艺青年，他不忘自己的学习，经常到工厂区“土门工人俱乐部”的美术训练班里画素描。无论春夏秋冬，天天如此，乐此不疲。在“土门工人俱乐部”，李世南遇到了蒋雄影和张志超。蒋雄影和张志超两位老师都来自市群艺馆。只可惜蒋、张两位都命运多舛。蒋雄影1922年考入上海美专西画系，师承刘海粟、钱铸九、吴作人等，抗战期间在重庆工作，解放后曾任西安市文化局艺术处处长等职。张志超1923年5月生，1949年毕业于国立中央大学艺术系，历任《人民西北》杂志美术编辑、西安市艺术馆美术创作员等。蒋雄影将李世南引荐给何海霞，张志超教会了李世南用宣纸水墨画素描。

1962年，李世南被西安群众艺术馆的蒋雄影领到何海霞那里，何海霞教他“三日一山五日一水”地在宣纸上用水墨临摹自己的作品，李世南开始对中国传统绘画进行系统性的学习。何海霞1908年生，1998年去世，为国画巨匠。他1924年拜韩公典为师，1934年师从张大千学画，随其游历山东、四川。何海霞随张大千习画期间，饱览了中国古代名画并大量临摹了宋、元、明、清时期的绘画真迹。1951年，由重庆迁居西安，后在中国美术家协会陕西分会任专业画家。50年代末至60年代初，与石鲁、赵望云等一起切磋山水画创新，从西北山水获得创作契机，共创“长安画派”，为长安画派的重要画家，受到美术界的广泛关注。1961年，他曾应中央美术学院之邀，在该院授课两年，培养了一批中国画人才。1983年调至中国国家画院任专业画家。

1968年3月23日，沪上运动中的激进人物于会泳在《文汇报》发表《让文艺舞台永远成为宣传毛泽东思想的阵地》，提出“在所有人物中突出正面人物来，在正面人物中突出主要英雄人物来，在主要英雄人物中突出最主要的中心人物来”的“三突出”口号。李世南被借到延安革命纪念馆历史画创作组，创作主题性作品。

1970年，李世南被借到陕西省历史博物馆，在诸多古代书画真迹面前，作为一名虔诚者如痴如醉、如饥似渴地抄录画论，临帖线描作品，潜心做起了学问。就是在这个时候，李世南痴迷上了汉画像石，在临摹、拓片等方面功夫至深至精。

1971年，何海霞因“文化大革命”被下放至陕西富平庄里陶瓷厂劳动，以画瓷为生。在走之前，他把李世南领到石鲁那里，他给石鲁说：“我只给您介绍这一个学生。”何海霞一再嘱咐石鲁：“石公必传。”由此，李世南开始追随石鲁，进入了一个中国画的新天地。李世南在10余年的苦心摸索和对中国画的实践中，积累了许多问题，于此时遇到石鲁，如久旱逢甘霖。他在石鲁的指导下完成了《三元里人民抗英斗争》《东汉流民图》《寒女织锦图》等国画作品，开始在写意人物画上摆脱素描造型的局限，是艺术生涯的一次重要转折。

石鲁原名冯亚珩，生于1919年12月13日，于1982年8月25日去世。他是位极具灵气和创新意识的画家，黄土高原和陕北风情既寄寓了石鲁对那段革命历史的深情回忆，也表现了他对美和美的价值的全新理解。这种独特的创作手法使他成为20世纪中国画坛上最具反传统色彩的一代大师。1997年3月，李世南著《狂歌当哭——记石鲁》一书由河南美术出版社出版，是他作为石鲁的授业弟子，在长达10年的生活中的真情回忆。

1977年，李世南调入西安工艺美术研究所工作。在此前，他有机会去唐乾陵章怀太子墓临摹壁画。章怀太子李贤是唐高宗李治和武则天的次子，武则天死后的第二年，李贤的遗骨从四川巴中迁到乾陵陪葬，章怀太子墓于1971年7月起开始发掘，为期7个月。章怀太子墓中壁画共50多幅，计400平方米，保存基本完好。其中《客使图》《狩猎出行图》《打马球图》《观鸟捕蝉图》等壁画中的人物，都比例匀称、和谐、准确，造型逼真，技巧圆熟，展示了唐代绘画艺术的高度和水平。李世南临摹壁画，如同朝圣者般虔诚。同是李家人，千年情依依。

1975年，与画家刘继卣、任率英等人在北京人民美术出版社合作连环画《投降派宋江》。其间创作大量没骨水墨人物小品，受到前辈艾青、张正宇、吴冠中、曹辛之等赞赏。

1978年，38岁的李世南来到道教圣地陕西周至楼观台，老子说经之地，画了一系列真人写生的老道肖像，如《老道》。

1979年，中国美术家协会陕西分会正处于恢复前期，石鲁的好友叶坚组织成立了春潮中国画研究会，成员包括王子武、江文湛、崔振宽、赵振川、李世南等人。他们在"一手抓生活，一手抓传统"的艺术主张下办画展，获得极大成功。

1979年，由中国美术家协会陕西分会组织的陕西十三人画展在全国巡回展出。李世南的作品以写实和捕捉人物深情以及厚实的笔墨功底，赢得了掌声。在武汉展出后，湖北美术家协会正在以轰轰烈烈的姿态参与中国画新潮，流露出了欢迎李世南加入湖北的意向。

1980年8月，李世南四川、云南写生画展在西安美协展览时展出，共有彩墨作品和钢笔速写80余幅。这次画展，为他赢得了“长安画派”后起之秀的赞誉。

1982年夏天，李世南由西安丰登路居所迁往西郊马军寨。马军寨村原名丰盛堡，新中国成立前夕由于驻扎解放军骑兵部队而更名为马军寨。另有一说，是因古时屯兵得名。贾平凹曾写道：“长安城西郊，有一荒野村落，曰马军寨，古屯兵军训之地也。”

1983年底，李世南收到周韶华从湖北寄来的信，两人谈了关于调往湖北美协的事情。李世南欣喜不已，裁纸泼墨画了一幅画，并在右幅边上题了长短两行字：“长明红烛照天烧，送却猪年迎鼠跃”“得韶华手示癸亥年末喜写之”。从这句话中，能够反映出李世南即将加入湖北美协时的欣喜之情，更加说明当年在陕西期间的情不顺意和留恋之苦。周韶华1929年10月生，为国家一级美术师，气势派的开宗创派者与理论建树者，1981年当选湖北省美学学会副会长。

1984年6月，在多次到陕西白水煤矿写生后，李世南把手中的笔伸进了矿工的真实生活中，创作了《开采光明的人》。其参加第六届全国美展后，立即引起强烈反响，成为80年代中期至90年代的重要作品之一。

1985年3月16日，李世南迁居至武汉，工作单位为湖北省美术家协会，时年45岁。他进一步对传统笔墨的形式进行大胆创新，成为新的水墨语言的代表人物。就在这一年，中国画新作邀请展在武汉展览馆揭幕。这次展览成为中国美术史上轰动的一件事，展览以强烈的创新意识宣告了中国现代艺术在中国画界的觉醒和崛起。李世南作为牵头人之一亲自组画，并展出了自己加入湖北美术界后的第一批新作，包括《长安的思念》《南京大屠杀48周年祭》《巫山梦》《楚骚4号》等。这个时期的作品，没有了在西安期间的温文尔雅，却有了楚文化的神秘和不安。

我看到的这些书信，是诗人荒芜与画家李世南在80年代初期的通信。20世纪80年代，是一个百废待兴、充满理想、激情燃烧的时代。时过40多年，看着这些信件，这是一个文化时代的缩影，也是两位各有建树的文艺家之间心灵的碰撞。尤其是进入互联网时代，手写的书信已越来越少了，已经很少有人在灯下一笔一画地写信了。荒芜和李世南的通信，是80年代文艺界的真实记录，也是80年代文艺界的断代史，为一幅画，为一首诗，是一代文化人的情怀书写，给我们以启迪和感悟。

书信，因其私密性、个人化的特质，是对一个人经历、情感、想法的真实体现，而在这种去创作化的写作中，一个人的文字往往会在原有的风格中，显现溢出创作常态的有趣变化。荒芜与李世南何时认识，在我见到李世南老师之前，还暂无结果。我看到的这27封信中，是画家李世南从西安迁往湖北武汉前后写给荒芜先生的，为荒芜先生生前所收藏，至于如何流入他人手中，不得而知。画家李世南在写信的过程中，和萧乾先生一样，落款只注明月日，未有年份。阅读的过程，也是考证的过程。考证的过程，是个艰难的过程。我大量地去读书，去查阅有关资料，书买回来了一捆捆，可能就是为了一个准确的年份，这也是写作者的艰难之处。

1983年，李世南已迁居西安西郊马军寨的第二个年份。这一年，《江苏画刊》编辑、国画家叶维到西安给予热情的支持，首先在画刊上发表贾平凹的文章《画家李世南剪影》，并介绍了作品，影响极大。这一年，31岁的年轻作家贾平凹认识了李世南，还写了报告文学《苦恼者——记画家李世南》，两年后发表于武汉的一家刊物。我读到的这篇报告文学，收录于潘凯雄、杜建国编的报告文学集萃《两百个将军同一个故乡》一书。这本书于1986年3月由中国文联出版公司出版发行。我从网络上花费29元买来扫描版，一口气读完，感受颇深。

1983年7月10日和20日，荒芜连续给李世南写信两封。7月24日，李世南给荒芜回信，见信如下：

荒芜兄：

近好！10日及20日两次来信均收悉。最近刚刚搞完全国美展的作品，稍稍松了一口气。《文汇报》上刊登的画印得很清楚，您的诗也配得好，尤其是配屈原的诗，真是妙极了，可谓痛快淋漓，使正人君子者如骨鲠在喉，咽不下又吐不出，这样的诗才是真正有价值而可传之后世的。我觉得我的画与您的诗，有一种内在的相通，我相信以后有机会您如看到我配抒发感想的一部分习作，一定会诗兴大发的。

我的古诗人画卷在发表时，建议：①如果一个一个诗人单独抽出来发表时（如《文汇报》选用的）请注明“长卷局部”，否则画面不完整，令读者看了有点莫名其妙，特别是这次印的“李白”，背后正好是杜甫的脊背，不知是啥东西了。②将来全图刊登时，请把诗句在我上次表示的空白处题写上去，因为我在每一个诗人周围都故意留下了题诗的位置，诗题得恰当，高低错落，可以将人物串起来，形成完整的布局，而且为画面增色不少。书体无所谓，谁愿意怎么写就怎么写，也要盖上题诗者的印章。另外，请题个卷首，发表时最好由一个全图的小样，然后再分诗人局部，让读者既看到全图的布局，又看到局部的笔情墨趣。

您来信中提到近代诗人的那几位，我已找了一点材料，龚定庵、苏曼殊、秋瑾较熟悉，黄遵宪的材料还待再找。

另外，我还想把他们画成图卷的一部分，将来可与前面那些连起来，您看好吗？

西安天气甚凉快，真是难得，想到以后搬到“火炉”去，不知是一番什么滋味。为了事业，只好做些牺牲了。

近来准备为明年去泰国的个人画展做准备，泰国方面已与中国国际书店洽谈，由国际书店主办我的画展。

其他再谈。顺祝

夏安

世南

7.24

画家李世南的作品曾入选第六、第七届全国美术作品展览。第六届全国美展于1984年10月由文化部和中国美术家协会联合主办。作为对党的十一届三中全会以来美术界的成果的总检阅及新中国成立35周年庆祝活动的一部分，与前五届美展相比做了比较周密的准备。这届美展展出作品3724件，分15个品种在南京、沈阳、北京、成都、杭州、上海、西安、广州、长沙等全国九大城市同时举行。同年12月至1985年1月又将各展区优秀作品集中在北京展出，同时增加港澳台特邀展，并由朱宣咸先生负责编辑了《第六届全国美展获奖作品集》大型美术文献画册。这届美展是第一次除大陆地区外有了真正来自中国其他地区的作品参展的全国美展。在写这封信时，李世南正在为参加美展的作品而努力创作，并就两人合作在《文汇报》发表诗与画的方式进行交流。

7月的西安，正值夏季，但是李世南心静自然凉，精心创作，还向时年67岁的荒芜表达了自己将来去武汉天热的苦恼。夏季的武汉被称为“火炉”，由来已久：武汉江河湖泊众多，水汽大量蒸发，团团热气将整个城市罩住，一方面减慢了地面热量向空中辐射的速度，另一方面使人体表面不易散热，宛如桑拿，汗出如浆，闷热难耐。直到今天，武汉“火炉”的称谓，还依然名声在外。

1984年4月，泰国收藏家、泰国陶松斋艺术中心主席曾春朝先生编辑，泰国陶松斋艺术中心出版了《李世南画选》。书中扉页上有泰国国王和王后肖像图，该幅作品作于1983年夏月，泰国国王和王后欣然接受李世南的作品《消夏图》。在信中李世南给荒芜说准备为明年去泰国的个人画展做准备，应该包括这些作品。

1984年5月，李世南和荒芜在西安会面。5月14日，荒芜已返回北京。李世南还收到了荒芜的家书，他正在为1985年在上海举办的中国体育美术作品展览创作。见信如下：

荒芜兄：

想必已顺利返京。您走的那天，接到您家里寄来的信，已来不及转交给您，所以寄回。

我这两天搞体育美展的创作，累得筋疲力尽，画了好几幅，勉强交稿。

再谈。顺致

双安

世南

5.14

1985年4月16日至28日，由国家体育运动委员会（现国家体育总局）、中国奥林匹克委员会、中国美术家协会和全运会组委会共同主办的中国体育美术作品展在上海美术展览馆举行，是用美术的力量反映和宣扬中国体育事业发展状况的文化艺术活动。李世南的美术作品位列其中。

1984年11月25日，荒芜写信给李世南，告知已为李世南画作《街头所见图》完成题诗，并将寄出。30日，李世南回信如下：

荒芜兄：

您好！25日来信收到。《街头所见图》题诗请先勿寄，我元月初要到北京参加美代会，我们还能在北京见面。

最近忙于安排明年的创作计划，分会又要创刊一份《美术思潮》，将于元月初公开发行，所以大家都忙忙碌禄。过几天我要回西安去，15日又得回武昌来参加“美术理论座谈会”，20日以后再回西安。

近来无新作，等明天开春迁居之后才能安下心来。

再谈，即颂

笔健

世南

11.30

荒芜题李世南《街头所见图》（并序）收录于《荒芜旧体诗新编》。序内容为：

画家李世南作《街头所见图》，从一个人反映一个时代，大笔卓识，读之憬然，因题长歌一首。

在当时全国的美术刊物都比较少的情况下，《湖北美术通讯》发布了大量的活动信息以及简单的理论讨论，对活跃湖北美术界的氛围起到了非常重要的作用。在这样的前期积累下，湖北省文联为迎接“85美术年”，想要打造一个平台并通过这个平台集聚全国的力量，营造思想解放运动的大气候，因此1984年底湖北文联首先创办了《美术思潮》杂志的试刊号。1985年1月，由湖北美术中心出版发行的理论月刊《美术思潮》试刊号正式发行，主编彭德，副主编鲁慕迅、周韶华。《美术思潮》是全国80年代的艺术理论和思想策源地，强调刊物的青年化。1987年底停刊。

就在这时，李世南虽人事关系还未完全到位，但是已经开始了在湖北美协的相关工作。在西安和武汉之间，进行"双城记"，陇海和京广铁路成为画家往返的征途。

1984年11月10日，李世南给荒芜回信，告知了自己的近况，对诗人荒芜寄来的诗作表示欢欣，并告知了自己月底计划去北京参加全国美代会的事。具体见信如下：

荒芜兄：

您好！11月8日寄来的大作拜读，十分风趣，结尾又意味深长。这幅画我还要回去加工，墨色平了一些，画面想做旧，使人感到有墙面的斑驳漏痕，增加时代特点，等您书写好一起装裱后再拍照。

我回武汉后忙于写几篇约稿，刚刚写完，还有一些工作要研究，所以估计月底才能回西安。您将诗书写好，如来得及就寄到武昌，来不及就于下月寄西安。

12月底我要到北京参加全国美代会，咱们又可见面。如有诗要配画，早些寄来，我配好画可带到北京。

祝您愉快。

世南

11.10

碧野住在另一处，平时也不来上班，凑空我再找他。

在信中，荒芜和李世南提到的作家碧野，生于1916年2月，为现代著名作家，1960年调入湖北省文联工作，历任湖北省丹江口水利工程生产办公室副主任、中国作家协会湖北分会副主席等职。1986年，湖北省召开姚雪垠、徐迟和碧野三人的创作讨论会，轰动文坛，从此这三人被推为湖北文坛“三老”。碧野和荒芜相识于1947年，是多年的老友，碧野和李世南当时又同在一个大院工作。老友之间，相互捎话问候，情深弥久。

上封信刚去不久，荒芜又写信来，寄来的还有自己《赠张学良将军》（五首）的旧体诗，请李世南作画。这时，李世南刚参加完湖北美协组织召开的美术理论探讨会，返回西安。见信如下：

荒芜兄：

近好！来信及和张学良将军的诗收到。我刚从武汉开完“美术理论讨论会”回到西安。

您的诗极有意思，可惜我手头找不到张学良将军暮年的照片，否则可以画一幅好画。您如能找到他的照片，我到北京后给我做参考。

我约5日左右到京。

即颂

双安

世南

12.23

1984年12月，湖北美协组织召开美术理论探讨会，邀请了本省及外省市中青年美术理论工作者参加，就当下大家所关心的美术理论问题交换意见，是“文化大革命”后第一次全面讨论当下美术界状况的理论性会议。

由于全国美协的会议时间一直拖延，李世南去北京的计划在搁浅中推后。李世南向荒芜说了自己的近况，尤其是在年后要离开生活了29年的西安，举家从马军寨迁至武汉东湖。马军寨的日子，是他艺术生涯中最为艰难，也是最为重要之时期，画家从探索中西融合之法转为对传统中国画的潜心研究，倾心于梁楷、徐渭、八大山人、齐白石，并以花鸟画法入写意人物画，自出机杼，成一家之言。见信如下：

荒芜兄：

新年好！

由于美代会延期至3月1日召开，我近期不到北京，春节后要迁居武昌，是否准时参加美代会，还要看具体情况。故近期来信仍寄西安即可。

《诗书画》报不知出版没有？

再谈。

即颂

双安

世南

元.9

李世南在信中说的美代会，是全国第三届四次美协常务理事（扩大）会议，将于3月19日至21日在北京召开。还有，他知道荒芜要和一群兴趣相投的人办起《诗书画》，很是关心。万事开头难，何况是编印报纸呢。组稿、排版、印刷、发行等，都是一堆事儿。好的是，《诗书画》得以出版，还在第1期第4版刊发了李世南的画作《胎芽》。不好的是，仅仅出版一年就停刊。

1985年的春节刚过，2月13日荒芜就给李世南去信，同时寄去了稿费等。经查证应为《诗书画》第3期刊发李世南画作《遛鸟图》，为诗人牛汉诗歌《遛鸟》配画。要离开自己生活了29年的西安，李世南提前开始收拾要搬家的物什，尤其是自己喜爱的书画作品。见信如下：

荒芜兄：

春节过得好！13日来信及汇款、侨汇券均收到，真麻烦您了。最近忙于准备搬家，估计要过了正月十五才能离开西安。

《街头所见图》尚未定稿，因为原稿是写生的，写生时注意形象多了，笔墨趣味少了，自己很不满意。后来带回武汉时又加工了一次，现在还不满意，说不定还要重画一遍，等我定了稿，一定拍照寄您。

泰戈尔的诗，我选两首画了再寄您。

美代会听说3月份开，我觉得去开这种实在没有什么意思，还不如在家多画几张画，所以我写信给湖北美协，请他们另选位同志去，他们又不同意，现在尚未定，等我搬了家再说。到北京来开会，当然可以与您又见见面，是件非常向往的事，但一想到去画圈圈，实在难受，而又有不少人争着要去当代表，我把位子让给他们，何乐而不为呢！

其他再谈。即颂

双安

世南

2.22

对于当选为湖北美协参会代表，从李世南的内心来说，是抗拒的。他不善交流，更希望在有限的时光里潜心作画。因为他是个用作品说话的人，更是以作品赢得尊重的人，这也是他性格所致。

1985年3月16日，李世南一家迁入武汉，爱人的工作也同时调动。刚到武汉，李世南就开始筹备自己的画展事宜。这一时期，湖北美协在思想解放运动的鼓舞下，画家们体现出一种强烈的探索精神，湖北美术的创作，呈现出了前所未有的活力。对于李世南来说，这是一个最好的创作时代。见信如下：

荒芜兄：

近好！我于3月16日迁居到武昌，现在一切安排就绪，最近忙于准备我的首次回顾画展，正在选作品、设计目录等等。展览定在5月5日在汉口展出。以前留在您那里的一幅《竹林七贤图》，如尚未题卷首，请先寄我装裱，以便参加展出。

等我将展览筹备就绪，再腾出手来画您要的泰戈尔诗意画。

这里环境幽美，最适合您写诗了，希望你能有机会来小住片月，我家里有地方住。我们可以吟诗作画，不亦乐哉！

再谈。顺致双安

世南

1985.4.1

1985年5月5日，李世南回顾画展在武汉开展，为期半个月。展出的50余幅画作，是李世南70年代末至1984年的代表作品，包括他曾寄给荒芜用于配诗的《竹林七贤图》。后来，诗人荒芜作《题李世南〈竹林七贤图〉》一诗，洋洋洒洒39行，写嵇康、阮籍、山涛、向秀、刘伶、王戎及阮咸7人，也借古喻今，读来朗朗上口，极具讽刺意味。

1985年4月10日，李世南接到诗人荒芜的来信，说他要来武汉参加黄鹤楼诗会，真是令李世南高兴。老朋友一日不见，如隔三秋。荒芜能来武汉，李世南虽刚到武汉定居数月，但是尽地主之谊是少不了的。两个朋友之间，一人作诗，一人画画，真是诗与画的完美结合，就如金玉镶嵌，给人以精神享受。古人文房四艺，友人之间相赏或写字作画，真是美不胜收。见信如下：

荒芜兄：

您好，6日来信收悉。真高兴您能来武汉，而且又是我画展开幕之前，希望您能在武汉多住些日子，除了参加诗会，您抽几天时间住到我家里来，现在家里较宽敞，孩子又不在这里，咱们好好玩上几天，写诗画画，岂不乐哉！您看如何？

我的回顾画展已定5月5日开幕，展出半个月，场地很小，展作品50余幅，是我1978年到去年为止的作品。

《竹林七贤图》能够有您的长诗，当然会深刻多了，还是百忙中抽空写一写吧，仍用对开四尺宣纸横条来写，展出以后，我再将诗画裱成手卷，展览时可以用一个大镜框，上面是诗，下面是画。您能在本月25五日左右来汉的话，就随身带来，如果行期推迟，就寄给我。别忘了，您来的时候把您的图章带上，我有的画上，或许还要请您题诗呢。我还有一本描写我这两年生活的册页，也等着请您题诗。

东湖的屈原像还在，您又可来凭吊一番，住在我这里，十分钟就到东湖了。

如果您提前来汉，先到我家住几天，就打个电报给我，写清楚几日到，几车厢，我来接您，电报要早点打，以免邮差送晚了。

见面再谈。

祝您一路顺风。

世南

4.10

1985年4月27日至5月11日，前往武汉参加黄鹤楼笔会的荒芜，写诗一首《武昌东湖赠屈原》。全诗如下：

"东湖更比西湖好，水阔山低似画图。只怪先生心地窄，投江之后又投湖。"诗人荒芜为何作诗说"投江之后又投湖"呢？这还有一段缘起。武汉东湖西北岸的行吟阁前有一座屈原雕塑，是东湖乃至武汉的显著标志，雕像于1956年建成。1966年因"文化大革命"被"红卫兵"损毁扔到湖中，换成三位"工农兵"塑像。直到1979年4月，叶剑英游览东湖，行至行吟阁时，提笔作诗："泽畔行吟放屈原，为伊太息有婵娟。行廉志洁泥无滓，一读骚经一肃然。"正因此诗，重建屈原像被提上日程。1979年7月初，屈原像复原完成。

荒芜从湖北回到北京后，正好自己的译著《天边外》（尤金·奥尼尔剧作）出版不久，收到后便给友人李世南签赠。在信中，他还向老友李世南索于1984年出版的《唐代文学故事》连环画，这本书于1984年9月由河南人民出版社出版发行，印数7060册，定价1.90元。我作为爱好者，收藏有一本。李世南的个人回顾展结束后，就前往外省进行交流，回到武汉后画债缠身，很是繁忙。见信如下：

荒芜兄：

近好！谢谢您寄来的译著。

来信收悉，我刚从山东、江苏回来，看了不少汉代画像石，也和当地美术界进行了交流。

回来后忙于应付各种来函和索画，没有搞什么创作。6月初打算去湖南湘西南少数民族地区，深入生活两个月。

您提到的那本《唐代文学故事》连环画，是早在前年出版的，我在其中只画了几则故事，现在看来也水平平平。因为出版社只送了我两本样书，送去一本，自己只有一本留底了。

北京工人出版社出版的我的画集，将发行。等收到样册后，一定立即奉赠。

有空来信。顺致

双安

世南

5.8

在信中，李世南提到的即将在工人出版社出版的《李世南画集》，于1986年5月由工人出版社画家陈幼民编辑出版，编入画家李世南1979年至1984年的作品57幅，美术批评家皮道坚、彭德作序《李世南的艺术世界》，印数3000册，定价12.00元。

1985年6月27日，当李世南从三峡返回武汉给荒芜回信时，荒芜已经写来了三封信。荒芜送给了朋友刚出版的《金瓶梅诗话》和自己的诗论集《纸壁斋说诗》，还要推荐给李世南出画集。热心肠的荒芜，尤其在朋友之间，慷慨热情，互为帮助操心的为人方式，在文艺界颇有名声。李世南在这封信中，给荒芜说了自己最近创作的任务，但是不可放松的就是，荒芜如有诗稿需要配图，就随时寄来，他抽时间也要加快完成。见信如下：

荒芜兄：

您好，我昨天刚从三峡回来，您前后三封信和寄来的诗稿，报纸、《韶音》都看到了。您在武汉此行中写的这几首诗，都十分精彩，读到幽默处，忍不住要笑出来，真佩服您的笔力和胆量。

关于您想为我出专辑，现在伤脑筋的是拍照问题，在这里要找个拍照的朋友，实在难。所以我想拖晚一点，9月份或10月份，有个杂志要来拍我的作品，到时候我再请他们代劳，您看好吗？评画的文字倒有几篇现成的，到时候寄上。既然要搞，就搞得精彩些，时间拖晚一点无妨。

洁本《金瓶梅》蒙相赠，感激不尽。您的《纸壁斋说诗》也收到了，装帧设计干净利落，又庄重大方。

这两个月，我的创作任务不小，所以只好在武汉冒暑作画，因为要换个地方，一大摊工具搬来搬去太麻烦。9月下旬，深圳要搞首届美术节，邀我参加展出。10月下旬我们要办探索画展，又要拿手作品，所以任务很重。我现在实在为要参加展览而画画伤脑筋，但吃了这碗专业饭，有什么办法！

如果您有需要配画的诗作，可寄来。我一定抽空完成。另外，《古代诗人图卷》的卷首题字，还望兄抽空跑一趟。

另外，我想给自己的画室取个斋号，您能否根据我的情况给我取一个，或者您提出几个，给我参考一下。

再谈，此祝

双安

世南

6.27

1985年2月，荒芜的诗论《纸壁斋说诗》由三联书店出版，收录了荒芜19篇谈诗的文章。该书为“今诗话丛书”之一，还包括牛汉《学诗手记》、谢冕《诗人的创造》、绿原《葱与蜜》、公刘《乱弹诗弦》、邵燕祥《晨昏随笔》、邹荻帆《诗的欣赏与创作》、流沙河《隔海说诗》、罗洛《诗的随想录》、彭燕郊《和亮亮谈诗》和曾卓《诗人的两翼》等。

改革开放后的1985年到1988年，全国第一、二、三届《金瓶梅》学术研讨会分别在徐州、扬州召开，促使“金学”研究走向了繁荣。就是在这种背景下，1985年5月，由兰陵笑笑生著、戴鸿森点校的《金瓶梅词话》（三卷本）由人民文学出版社出版发行，1版1印1万套，对购书者的要求相当严格，对象限定为全国作协会员和古典文学工作者，并凭证、凭卡购买，且每部书还编了号，购买时要进行实名登记。俗称“洁本”，指的是删去了比较露骨的性爱描写的版本，删除字数19161字。原版《金瓶梅》近100万字，作为“禁书”能够在1985年再版，实属不易。在当时的氛围下，荒芜能将“洁本”《金瓶梅》送给李世南作为礼物，亦属不易。

1985年4月27日至5月11日，《光明日报》、《长江日报》、武汉作家协会联合举办黄鹤楼笔会，全国80余名作家、诗人和书画家云集武汉。诗人荒芜在列，写诗达12首之多。返回北京后，荒芜就将其中6首旧体诗寄给李世南，请其配画。7月5日，李世南在完成画作后写信给荒芜，见信如下：

荒芜兄：

6月25日示悉。

弟已为《江汉纪游六首》配画，不知是否达意？因考虑在报刊上发表，故未着色。

近日此地天气意外地凉快，故尚宜作画，如需配画的诗，仍可寄来。

《古诗人图卷》之卷首题字，还望代求之。

收到此信后，望来信告知，以免担心遗失。

顺致

双安

世南

7.5

1985年7月8日，荒芜来信。复信时，李世南请荒芜邀著名诗人艾青题写《中国古代诗人图卷》。艾青生于1910年3月，是当代文学家、诗人。他1933年第一次用笔名发表长诗《大堰河——我的保姆》，我们曾在中学课本里学习过。1985年，艾青荣获法国文学艺术最高勋章。邀请夏承焘题写《竹林七贤图》。夏承焘生于1900年，1986年5月去世，是现代词学的开拓者和奠基人，代表作有《唐宋词人年谱》《唐宋词论丛》等。为了题写，李世南还寄上了宣纸四条。见信如下：

荒芜兄：

8日示悉。这里寄上宣纸四条（一式两份），请艾青写《中国古代诗人图卷》，请夏承焘写《竹林七贤图》。字的大小由两位老先生随便，因为艾翁写的字较小，不能勉强他去写大字，但也不能太小了。字的位置由他们自由安排，如果写短了，我可以裁去一段，不要紧。字要由右向左写。

将来您为《竹林七贤图》题的诗，也用这么大小的纸来题，到时候我再寄纸给您。

寄来的《金瓶梅》已收到，谢谢。可惜经过我们的邮局，好端端的新书又潮又皱，实在可惜。过去我看过没有删节的本子，觉得色情的描写的确过多，但语言生动，是社会的风俗图卷。对这样的作品乃至美术方面的人体图，过去都是禁看的，也难怪老百姓有好奇心，总想看看里面到底写了点啥……

我最近有感于楚文化的浪漫精神，开始画一些胡思乱想的画，画风大变，恐怕更让人接受不了了。已完成《南京大屠杀》《巫山梦》等，我打算画它一批这样的大画，以后拿出去又要吓人一跳。您有何新作要配画，可寄来。

即颂

双安

世南

7.12

1985年7月12日写完信，7月15日发出后，7月21日又继续给荒芜去信，说了湖南美术出版社创办刊物《画家》的事情。《画家》第1期（试刊号）于1985年11月出版发行。分“文”和“图”两部分。“文”设有《画家谈画》《画坛漫忆》《当代画家》《当代美术批评》等栏目；

"图"设有《画家新作》《女版画家作品》《连环画选萃》等栏目。见信如下：

荒芜兄：

近好。15日给您寄去的信和宣纸，想已收到了吧。

这两天湖南出版社来人拍画，他们办了一份画刊，叫《画家》。大小8开，从今年10月份创刊。他们决定在明年的第1期上重点介绍我的作品，要配合三篇文章，其中两篇已约稿美术理论的朋友撰写，还要一篇由文学家来写的文章，他们要求文学性强一点，写得随便一点，有点趣味。因此，我当然想到了您，他们也很高兴由您来写。我想，就写写咱们的诗画交往吧，写写咱们的忘年之交，如何？您的文笔，我是特别欣赏的。因为他们要在8月中旬以前定稿、排版，所以只好请您挥汗执笔赶一篇，字数在1000字左右，8月15日前寄给我，用挂号。

因为刚好凑上拍画的机会，我也就遵嘱为《诗书画》报拍一点，等底片冲出后，再寄给您。

就这样，再谈。

即颂

双安

世南

7.21

在1986年9月出版的《画家》第3期上，在《当代画家》栏目刊登了李世南作品10幅，刊登了彭德的《风格·情感·个性——与“表情主义”画家李世南的对话》的理论文章。彭德1946年5月生，擅长美术理论，1984年调至湖北美协。1988年调湖北省文联文艺理论研究室，为一级美术师。曾主编《美术思潮》《楚艺术研究》《楚文艺论集》《美术文献》等。彭德于2014年撰文说：“八五新潮时期，我为李世南写过多篇评论。1985年的一篇对话，发表在李路明主编的《画家》，我把李世南的大写意命名为‘表情主义’，预言这种泼墨形态会风靡中国画坛。中国画坛是个跟风学舌的山寨，这个预言被我言中。李世南奔放的画法，不适合和他性情不同的人物，可是至今成了无数模仿者的表象，同精致而空洞的画风充当着当代中国画的两大外壳。”

1985年8月4日，荒芜给李世南写信，并寄去了《诗书画》及《古今联话》。8月8日，李世南复信如下：

荒芜兄：

8月4日示悉，寄来的《诗书画》及《古今联话》一页均收到。夏老的字，大小问题不大，请艾翁题字时，请用我寄给你的纸，纸宽与画幅尺寸一致好些，字小一点，四周宽一些也可以的。

湖南《画家》画刊请我约您写的千字文，最好在8月15日左右寄给我，他们要在月底排好版式。为《诗书画》拍的底片，尚未搞好，等到手后，我再寄您，文章到时候也约人再写。

近几天武汉最热。所以我也不干什么，每天赤膊在家，顶多看看书了。

再谈。即颂

双安

世南

8.8

我查阅了《诗书画》，应为当年第11期，第1版刊发了李世南的画作《屈原》，淮南（荒芜笔名）配诗，为五言八句。《诗书画》编辑出版仅一年，共出版24期，就因各种原因而被迫停刊，是诗画界的损失。正值仲夏，武汉炎热，李世南请荒芜写千字文，我在《画家》刊物未能查到，甚是遗憾。9月8日，荒芜又写信给李世南。复信如下：

荒芜兄：

您好！

9月8日来信收悉。我将于本月25日去武汉省美协。10月1日以后出发到南京、上海、北京、沈阳参观全国美展，到北京的时间约在10月15日之后，若您不外出，就能在北京相见了。

如有信寄武汉，请寄：武汉市武昌区东湖东亭二路特号省美协（在文联大楼内，所有的协会都在一起）

祝

艺安

世南

9.14

另：上次西安的田卫华同志到北京来看您时，我托他带给您看的《竹林七贤图》，意在请您题诗或题个卷首，不知此图是否题了？因您这几封信未提及此事，顺便问一下。

田卫华去京见诗人荒芜时，李世南托付他带去了自己的画作《竹林七贤图》，请荒芜为其题诗。

1985年9月16日，荒芜给李世南写信，告知他已请诗人艾青题字等。李世南于9月23日复信，表示还没收到题字，并告诉荒芜他将赴深圳参加首届美术节活动的事情，并将画作《嵇康》呈上。见信如下：

荒芜兄：

近好！

16日来信收悉。艾公题字没有收到，如果是挂号寄出的，可能到手的时间迟一点。但愿不至于丢失。

我明天动身去深圳参加首届美术节活动，因此今天接到来信，匆匆画了一幅嵇康送上。

我也刚从南京、上海出差回来，是为10月份的“中国画邀请展览”，选择画家和作品去的。

我约10月初返回武汉。

再叙。即颂

双安

世南

9.23

1985年9月24日，李世南应邀前往深圳参加有当代32位著名画家参与的深圳美术节。由深圳市文化局主办，以“团结　交流　探索”为题的深圳美术节于9月27日至10月2日在深圳特区举办。这次美术节邀请的32位著名画家，大多为中年，分别来自北京、上海、四川、湖北、浙江、广东及香港等地，均为在全国有一定影响力的画家，前往深圳参加作品展览并进行了学术研讨。美术界领导关山月、吴冠中、周思聪等做了讲话。在座谈会上，大家从中年一代的历史使命谈起，谈到中国绘画以及中国美学的发展前景等。大家一致清醒地认识到时代对中年人提出的挑战，认识到中国画创新发展的必然性。大家对西方现代派问题，对艺术中的“抽象”问题，打破画种界限、广泛汲取营养问题，以及继承传统与时代感等问题各抒己见，获益匪浅。在美术节期间，李世南等画家还参观了深圳特区的建设，参加了联欢笔会等活动。

在参加完深圳美术节活动返回武汉后，李世南又前往上海。上海是李世南的出生地，他在这里曾上了5年小学，经历了人生学习的启蒙阶段。从小时候离开上海，断断续续回去过几次，甚至连上海的路都记不清楚。他在信中告诉荒芜，自己10月到京可多住几天，两人可以诗画切磋，并告知了在上海期间的通信地址。见信如下：

荒芜兄：

您好！我于今天乘船由武汉到上海，住在家里。中旬到南京、沈阳参观美展，约10月下旬25日左右到北京，不知您是否会外出？

《诗书画》想已办妥。如这次到京能多住几日，我打算抽空在京给您的诗配点画，这样更好随画随商量。

来信请寄：上海胶州路398弄5号。

请即复为盼。

顺致秋安

世南

10.4

收到荒芜的信和艾青的题字，李世南甚是欣喜。当月月初以来，他一直在参与并组织中国画新作邀请展的事。见信如下：

荒芜兄：

近好！我刚由深圳参加美术节回来，收到您9月16日的信和艾公题词，十分欣喜，谢谢。

您的题竹林诗尚未收到，不知何时寄出的？

我回来后又要忙于本月20日即将开幕的“国画新作邀请展”和理论讨论会，接待国内的一些画家。目前，国内画坛比较活跃，创新的浪潮几乎席卷全国，各地的展览、讨论会此起彼伏，十分热闹。

再谈。即颂

双安

世南

10.11

1985年以来，李世南在学习的基础上，进一步对传统笔墨的形式大胆变革，其《贵州系列》《灯系列》等一批作品，表达出了强烈的生命意识。他的作品在继续坚持传统笔墨趣味的基础上，表现出了水墨画在形式上的大胆变革，在手法上的精微锐意，具有承前启后的意义。这也是他在信中说画法和风格大变的原因所在。见信如下：

荒芜兄：

13日手书收悉，“竹林诗”寄上。“竹林图”还未拓裱，不知该怎么办。

我从深圳回来，至今忙于协会的画展，这次我展出四幅作品：《长河》《南京大屠杀》《巫山梦》《长安的思恋第四号——悼念石鲁》。画法、风格大变，听听反映再说。

听说北京学生闹事，不知详情如何？近来形势令人捉摸不定。

多保重！

即颂

双安

弟　世南

10.15

1985年10月20日，李世南参与组办在武汉举行的中国画新作邀请展以来，反响强烈。中国画新作邀请展是改革开放后中国画范畴内具有探索性和前卫性的最早的一次大展。此次展览由当时的湖北美协主办，共邀请了来自北京、天津、上海、浙江、江苏、陕西、四川、广东、香港和湖北的25位艺术家参展。不同地域的文化熏陶，老中青三代的年龄跨度，再加上画家们自身理解的区别，使这些画家对中国画艺术价值的思考、求变的方式、作品的面貌都呈现出了极大的丰富性和代表性。这也正是中国画新作邀请展的成功之处。李世南参展的作品是新作《长安的思念》《南京大屠杀48周年祭》《巫山梦》《楚骚4号》。

忙忙碌碌的1985年已去，1986年2月7日，李世南又给荒芜写起信来，告诉了自己去年12月陪着周韶华去长白山地区讲学和考察的事情。回到武汉后，又临近春节，带着一家人对西安这座城市29年的情感，在西安度过了团圆的新春佳节。见信如下：

荒芜兄：

近好。约有两个月没有给您写信了。我12月初和周韶华同志去吉林长白山地区讲学和深入生活，搜集创作素材，元月中旬才回到武昌，回武昌不久，我又和全家一起回到西安过春节。我约到3月上旬回武昌去。

不知近期生活如何？早已听说《诗书画》停刊了，

其实办得不痛快，不如不办。今年文艺又有新的精神了，您最近在写些什么？多保重！

我去年画了几幅探索性的作品，今年打算继续搞下去，但暂不想拿出去，今年也不想再参加什么画展了。

等回武昌后再谈。

祝全家春节愉快。

世南

2.7

王纯信生于1939年，他是长白山非遗保护工作前驱者、田野工作者，一生致力长白山民间美术的挖掘、研究、传承、开发及长白山民俗山水画的探索。1979年他组织创立了吉林省第一个画会——长白山国画会。80年代，他带领年轻画家深入生活，以“请进来”与“走出去”等方式，将李世南、周韶华、高峡、黄秋实等一批知名画家请到通化来示范讲学，同时带领大家去全国各地采风体验、拜访名家，不断拓宽年轻人的视野。

80年代中后期，湖北美术界敢为人先，但是传统的、现代的、当代的势力形成有张力的结构，革新派、激进派和传统派、保守派之间在历史现场进行着激烈的斗争。李世南也给老朋友诉说着这一切，见信如下：

荒芜兄：

您好！我目前刚从西安回来，春节前去的，一住便是将近两个月。回来后见到您前后两封来信，慰甚。今年开始，文艺界又传说纷纭，这也不足奇，不过还是保重为好。

美术界去年开始创新的争辩，本来这是学术问题，但新春伊始，大有围剿、讨伐之势……

我5月中旬以后要去湖南苗族地区体验生活，也想在湖南多看一点楚文化古迹。

再谈。即颂

双安

世南

3.21

1986年6月，李世南前往湖南、贵州的苗族、侗族地区写生，途中作《门》《山妖的舞蹈》，水墨风格颇具表现色彩。后因病而返。

1987年，荒芜已经是过了70岁的老人。春节刚过，李世南就给荒芜写起信来。去年只接到荒芜的一封信，但是李世南的挂念之情依然在心底。见信如下：

荒芜兄：

您好！元月10日手书读悉，去年几乎没有接到您的信，想必是很忙的，弟常在思念之中。

我昨天刚从西安、郑州回来，是去过年，探亲访友，开开心吧。去年一年，我也大半时候在外面跑，山东、江苏、贵州、湖南、江西，接连出差，心都跑野了。在文联大院里，总觉得闷得慌，人际关系淡薄，久而久之，连画都画不出来了，所以得空就往外窜，自己找些乐趣。去年到贵州少数民族地区跑了一趟，还在途中病了一场，住院十天，创作半途夭折。画得很少，但去年发表的倒是最多，画集出了一本，因尚未到手，不能及时寄给您，等寄到后，我马上邮给您。

今年更不打算搞什么名堂，只想画画自遣，或出去玩玩算了。有可能的话，还想去美术学院进修一下，不是图文凭，也不为镀金，只是想躲到学校去，再打打基础。这只是自己在做美梦，不知能否实现。

书和新诗都读了，您总是这样幽默，愿您长寿，一定会的。

好吧，暂写到此。

即颂

双安

世南

2.25

1987年1月，由朱正担任责任编辑，荒芜的《纸壁斋续集》由湖南人民出版社出版发行。

1987年8月17日，李世南给荒芜写信，告知了自己近三个月以来的行程安排。见信如下：

荒芜兄：

我5月12日离开湖北，15日随画家代表团去泰国访问，6月15日回到广州，因家母病重，又匆匆赶到上海，一住便是一个半月，本月9日才回到武昌。您寄来的“续集”拜读，您真不愧是个铮铮硬汉，是我们民族值得骄傲的人物之一。湖南出版社的社长据说被撤职，因为出版了三本“性”小说……我相信，像这样的律诗，是不会过时的。封里的肖像不知出于何人之手，神气倒画出来了，但不够夸张，太写实一点，与您的作品不太谐调，等以后有机会见面时，一定为阁下作速写。我很欣赏黄永玉为艾青诗集作的肖像和插图，简洁、生动、文学性很强。

我的画集将为您寄上，因为去年出版，等了一年，才寄给我，而外面早已卖光，这种拖拉作风，何时得了。

我最近在为我的速写专集整理作品，不得不赤膊冒暑作画，苦甚。

这几年都未曾到北京，非常想念您。失去了多少请教的机会，以后一定是要后悔莫及的。明年争取一定到北京来住一段时间，好好玩玩。

有空来信。

即颂

双安

世南

8.18

1987年5月，李世南随中国美术家代表团访问泰国，应邀在泰国艺术学院作现场示范。

在信中，李世南提到自己正在整理速写专集。《李世南速写艺术》于1988年8月由天津杨柳青画社出版，印数

10000册，定价7.00元，由皮道坚作题为《感受世界与人生的独特方式》的序。皮道坚生于1941年，1981年湖北艺术学院研究生班美术史论专业毕业后留校，专著有《楚艺术史》《楚美术图集》等。

皮道坚在序言中写道：

看世南的速写，如同欣赏他的写意画一样：你仿佛在与一个情绪激动的，或喜悦、或悲哀、或兴奋、或感伤的人交谈。在这样的对象面前你不可能无动于衷，哪怕他沉默，那种沉默也充溢着热情，也会感染着你。沉默也是一种表述，一种更动人的表达。

世南把自己的写意画称作“情绪化”。我想他的这些速写，这许许多多记录着他的生涯，记录着他的心路历程的小小画幅，显然也是可以称作“情绪速写”的，他的这些速写与他的写意画有着共同的气质和品格：率真、坦荡、无拘无束、恣肆汪洋……

1987年8月21日，李世南在收到荒芜的信时就回复，荒芜为李世南写了文章，李世南稍微做了修正。因为刊物用稿时间较紧，未能去信给荒芜说明情况，在寄出稿件后便在信中进行说明。见信如下：

荒芜兄：

您好！

寄来的文稿收到，您百忙中顶暑为我写了文章，实在感激。文章中有几处我稍有增删，因来不及再征求您的意见，只好自作主张了，但只是很小的改动，题目稍嫌一般了些，因此我改为《我和世南的诗画像》，因为全文是用您的题诗贯串起来的，这样更切题一些，您看好吗？文章我已抄清寄去了。

那幅《街头所见图》自从北京带回来后，我想加工加工，染了一些背景，结果反而画蛇添足，弄得灰溜溜的，纸也撕破了。想重画，而又没有画，因此一直掷在边上，只好等以后去收拾它了，所以一直没有拍照给您，真抱歉。这也是一个教训，当场写生的尽管有些缺点，但总是比较生动，回来七改八改，反倒弄巧成拙。

我听说《诗书画》停刊了，果真如此吗？是否谣传？像这样一份规矩的报纸，我想是不会在清扫之列的。

若真的停刊了，望告知。

顺致

双安

世南

8.21

李世南问询的《诗书画》，在1985年底就已停刊，本书前章已有记述，此处不再赘述。

1988年，荒芜已是72岁的高龄，身体尚好。这时的李世南正在整理自己的作品，计划由湖北文物商店出版。见信如下：

荒芜兄：

久不见信，不知身体如何？念甚。

我春节照例回西安去过，初八回到武汉。目前正忙着编我的画集，这本画集将由湖北文物商店出版，8开精装，收入我的作品近百幅，大部分是没有发表过的新作。选择文物商店出版，在选稿上可以由我作主，省去审查，这样作品可以选得更自由些。

我想请您为画集题上一首诗，放在扉页。如果用毛笔写不方便，就用钢笔写，签名即可（横写）。如果你有时间写上一篇短文配以诗，当然更好，以您的身体、体力量力而行，不要勉强。前言已由何海霞先生写来，他是我的老师。这本画集我将题上献给石鲁，因为他是对我影响最大的老师。

画集下月初开始排版、画版式，请及早寄来为盼！如身体不佳写不成，也请来信告知。来信寄给我的爱人：武昌东湖湖北省文联戴丽娟收。因为我已住进宾馆编画集，信可由她转来。

这本画集争取下月中旬排完版，下旬去深圳印刷。

我仍如前，还是一心一意在探索中，基本谢绝社交，十分孤独、寂寞，我也深知自己的这种脾气吃不开，但无法改变本性，我行我素。

好，再谈。即颂

双安

弟　世南

3.25

李世南的两位老师，一位是何海霞，一位是石鲁。李世南请自己的老师何海霞为这本书作序，还要将这本书献给自己已经去世长达8年的老师石鲁，因此异常看重对自己作品的筛选。石鲁对李世南的影响，用李世南在《狂歌当哭——记石鲁》一书扉页上的话说：谨以此书寄托我对先师石鲁的思念。就在争取《中国当代水墨画家李世南1978—1988作品集》的书号时，他从荒芜处听说画家林锴患癌，见信如下：

荒芜兄：

近好！前后两信均悉，谢谢。画集尚在争取书号，现在办事真是十分艰难。

惊悉林锴兄患癌，真是不幸。我母亲也是得的膀胱癌，起初采取保守治疗没有全部切除，结果又扩散，幸好第二次手术决定干脆全部清除，连同膀胱周围的一些组织都扫光，做得比较干净，虽然平时生活不方便，十分痛苦，但总算拖了十几年，现已78岁高龄。所以，如果林锴是采取保守治疗法，就要劝他果断地全部切除，免留后患。他是不幸的，如果生活今后不能自理，他那位夫人能有那份耐心么？

如见他，向他问安，代我劝他彻底根除为好！

我们一切均安。多保重！

我爱人戴丽娟的电话是813328，省文联计财科，你若来汉，打电话给她。

即颂

双安

世南

4.6

林锴生于1924年1月，去世于2006年5月，1950年毕业于国立艺专，得国画大师黄宾虹、潘天寿诸前辈亲授，为著名书画家、篆刻家、诗人，国家一级美术师。出版发行有《林锴画选》、《林锴书画》、《林锴书画集》(台湾版)、《墨花集》、《苔文集》(诗集)等。林锴自1988年退休以来，身患痼疾，仍旧工作不辍。

荒芜和林锴是老相识，两人共同的爱好就是写旧体诗。1975年时，林锴对旧体诗有了新的认识，认为旧体诗完全可以反映新时代。于是又重新捡起荒废了20多年的旧体诗，继续写作。中断了好多年的篆刻也逐渐拾起来，体现出他书法的根底及艺术的素养。

由湖北省文联图书编辑部编辑、湖北美术出版社出版，深圳华新彩印制版公司制版，中国环球(蛇口)印务公司印刷的《李世南画集》于1989年12月初版第1次印刷，定价140.00元。书的内页写道：谨以此画集，献给已故的卓越的美术家、文学家、诗人石鲁。李世南的老师何海霞1988年2月于北京作序。美术评论家皮道坚，诗人、文艺评论家鲁萌分别作题为《孤独的超越者》《情绪是水墨画走向现代的内在契机——李世南其人其画的启示》序言。我收藏的这本画册，150元淘自旧书摊，意义非凡。

李世南是当代大写意人物画最具代表性的画家，他承继梁楷、徐渭、石鲁一脉，丰富发展了泼墨、泼彩大写意人物画，开拓了人物、山水、花卉的打散与融合，在半个世纪里，他坚定着自己的艺术道路，成绩卓著，影响深远。

祝愿李世南老师身体康健，艺术事业长青。

姚雪垠：《李自成》几十年如一日

姚雪垠于1910年10月10日出生于河南邓州姚营寨。1929年，考入河南大学法学院预科班，同年发表了短篇小说处女作《两个孤坟》。1931年5月，21岁的姚雪垠与18岁的王梅彩在开封结婚。同年，由姚冠三易名姚雪垠。抗战时期，他创作了中长篇小说6部，短篇小说及散文、报告文学等共计80余篇。

荒芜和姚雪垠相识于重庆。1937年，全面抗战爆发。因大批文化机构、团体、文化人士迁渝，重庆的文化队伍空前壮大。姚雪垠于1943年2月来到重庆后，就住在中华全国文艺界抗敌协会位于张家花园65号的一座小楼里专门从事文学创作，荒芜住在姚雪垠隔壁巷子，那时荒芜常常穷得无以为炊，吃不上饭，姚雪垠常解囊相助。

1938年1月，中共中央长江局机关报《新华日报》在汉口创刊。2月，姚雪垠加入中华全国文艺界抗敌协会。3月，协会在重庆召开代表大会，姚雪垠被选为中华全国文艺界抗敌协会理事兼创作研究部副部长。他一边从事抗日文化宣传工作，一边深入战地采访、调查、研究，体验人民的生活和情绪，最终写出了他的成名作短篇小说《差半车麦秸》、中篇小说《牛全德与红萝卜》、长篇小说《春暖花开的时候》。

姚雪垠是新时期以来最早呼吁现代文学界重视旧体诗词文学史地位的作家之一。他和荒芜两人在20世纪六七十年代多有诗歌来往，如写于1972年赠荒芜的《暮年（二首）》等。这些旧体诗，从诗歌的范畴来说，属于赠答诗，更加显出两人之间交往的情深义重和意味深长。

1945年春，姚雪垠去四川三台，任国立东北大学中文系副教授。1953年，中南作家协会在武汉市成立，姚雪垠从河南调至武汉，为专业作家。1957年末，开始创作长篇历史小说《李自成》，1958年春夏，完成《李自成》第一卷的详细提纲和第二卷的一部分创作，共约40万字。1959年秋在病休中完成初稿。

1960年10月，姚雪垠摘掉“右派分子”的帽子，分配至武汉市文联工作。

1961年夏，姚雪垠已51岁，《李自成》第一卷整理完毕。1963年7月，姚雪垠著，王绪阳、贲庆余插图的《李自成》第一卷上下册由中国青年出版社出版，印数30000册。10月，进行第1版第4次印刷，印数100000册。

1975年7月25日，毛主席对电影《创业》编剧张天民的来信作出“此片无大错，建议通过发行”的批示，使姚雪垠大受鼓舞。他给编辑江晓天写信，询问中国青年出版社何时复业。江晓天便找一个出差机会去南方，返程路过武汉时去看望他。两个好朋友关起门来，说了许多悄悄话。回到北京后，江晓天给姚雪垠写信，将自己的想法告诉了姚雪垠。他的想法是给毛主席写信，报告《李自成》的写作情况和姚雪垠个人的写作愿望。《李自成》第一卷由中国青年出版社出版后，姚雪垠从武汉邮政局曾给毛主席呈寄过一部，表示对毛主席的无限敬爱。

1962年，毛泽东《在延安文艺座谈会上的讲话》发表20周年，各地举行纪念会、报告会或座谈会，全国主要报刊均发表社论。

1966年夏天，姚雪垠得知毛主席看过了这部书，并曾指示说：这部书虽然还有些问题，但应该让作者继续写下去，将全书写完。

荒芜和姚雪垠作为朋友，书信往来必不可少。为了写好长篇小说《李自成》，姚雪垠不断阅读和积累着有关知识。在北京工作的荒芜，给姚雪垠寄去了三种书。分别是：

《甲申纪事》，为清代赵士锦等著，由中华书局上海编辑所编辑，于1959年12月出版。这本书简单记述了甲申（1644）三月十九日前明政府兵饷、用人诸大事，详细记载了李自成农民军攻入北京后见闻，并记有得自农民军将士之口的关于开封战役、昌平士兵起义和农民军内部情况。

《明通鉴》，为清代夏燮著，沈仲九标点，由中华书局于1959年4月出版。夏燮字谦甫，安徽当涂人。清代音韵学家。这本书是一部明代编年史，共100卷。

《练兵实纪》，为明代戚继光著，由商务印书馆于1937年出版，是戚继光练兵中编写的各种教材和条规的汇编。

从下面一封信可以看出，姚雪垠为了写《李自成》真是博览群书，取众家之长。除了文史类外，兵法书籍也是桌前读物。除了荒芜寄去的三种书，姚雪垠还在信中提到了《明诗综》。这部书是明代中国诗歌总集，共100卷，为清代朱彝尊选录，其友人汪森、朱端、张大受、钱炌等人分卷辑评。录存明代诗人3400余人的作品。应该说，《明诗综》为姚雪垠在长篇小说《李自成》中诗词、联语的运用起到了学习借鉴作用。《李自成》小说中的诗词、联语，除极少数作品外，均为姚雪垠的手笔，姚雪垠对古典诗词的素养和功力可见一斑。这些诗词的运用，不但丰富了小说的思想内容，更是增加了小说的艺术魅力，所以说，姚雪垠为了长篇小说《李自成》，真是做足了小说写作外的功课。荒芜作为姚雪垠的朋友，常常以朋友之间心有灵犀的同好，在姚雪垠小说写作上起到了很大的助力作用。见信如下：

荒芜兄：

《甲申纪事》《明通鉴》《练兵实纪》全收到，谢谢。如能找到《明诗综》，大概很贵，不要紧，只管买。1962年秋天我在隆福寺旧书店中还看见一部，可惜当时未买。万一在北京买不到，将来只好托朋友在上海找找。以下三种书，也请遇到时买来：

（一）《竹叶亭杂记》。清初桐城姚伯昂著，只有薄薄二册，所记均清初风俗掌故，有二段记满洲跳神颇详。

（二）《二申野录》。孙之騄著，其中一部分记载崇祯时的掌故。从前两次在旧书店中看见此书，未买。大概现在还不难碰到。

（三）《如梦录》。只有薄薄一册，不知作者姓名。书中对崇祯十五年开封淹没以前的市容、风俗、街道、衙署等记载颇详，必系明末久居开封的人写的。书写于明亡之后，故名《如梦录》。其原序对明朝方面黄河淹毁开封一事，颇致痛愤。原书起初只有抄本流传，至咸丰年间始有写梦庵刊本，民国年间收入《三鱼堂丛书》。

我除托你替我买书之外，其他事情不打算找你麻烦。买书有时是碰的，往往踏破铁鞋无觅处，得来全不费工夫。

我拟于月底前返回干校，过一个月间回来。在下边无生产任务，系等候分配性质，故大部分时间可以写作读书。信仍寄汉口家中，较保险。如《明诗综》找到，需要书款，梅彩会随时寄上。《明诗综》估计会很贵，但也没有办法。今后购买旧书，不能以从前道理说。上星期从北京给我寄来一部清刻本《三国演义》，刻版不好，索款40元，还说有很大人情，我也只好收下。回思若干年前，我买到顺治初《水浒》和影印贯华一原刊本《水浒》，都是几块钱，一部明正德年间版《分门集注杜工部诗》才9块钱，如同隔了几个朝代。

克家已回北京养病，仍住赵望子胡同15号。近有信来，问题早解决。你得空不妨看看他。仍很热情，可惜身体太差。碧野将去丹江口生活。

祝好！小舒好！

雪垠

10月20日

近两年我写了一些七律，前日兴致一来，在给克家回信中抄了几首给他。过几天，有时间了，我也抄几首给你呈正。

依信文分析，这封信写于1972年10月20日。臧克家1969年11月30日来到湖北咸宁“五七干校”。1972年10月初回到北京后，姚雪垠便写信告诉了朋友荒芜。在这封信中，姚雪垠还给朋友荒芜提出寻找《竹叶亭杂记》《二申野录》《如梦录》这三种书。

《竹叶亭杂记》是清代姚元之编著的一部笔记。姚元之生于1773年，去世于1852年，字伯昂，号荐青，又号竹叶亭生，晚号五不翁，安徽桐城人。嘉庆十年（1805）进士，官左都御史。这部书全书分为8卷，主要记述了当朝掌故、礼仪制度、科举吏治、时政民生、风光物产、人情习俗、奇闻逸事、中外交往、古籍文物、花草虫鱼等方面。除了清代后的印刻本外，现多属中华书局于1982年5月出版的清代史料笔记丛刊系列。

《二申野录》是明朝灾异野闻的编年录，为明朝洪武元年戊申（1368）至崇祯十七年甲申（1644）各地之异闻，故以“二申”为名。其中颇多水、旱、风、震等灾害的记录，对了解明代自然灾害、民间风俗、社会状况等颇有参考价值，对研究明代社会史、明代自然灾害史，很有借鉴作用。

《如梦录》为城镇志，为明末清初佚名撰。清代时开封人常茂徕参与编订。经考证约为康熙初年成稿，约10万字。作者在自序中谓此书专记“汴梁鼎盛之时”，是因感汴梁无边光景，徒为一场梦境，故名。正文分城池纪、形势纪、周藩记、爵秩纪、官署纪、街市纪、关厢纪、小市纪、试院纪、节令礼仪纪10篇，是一部专记17世纪中叶开封各方面情况的“方志”性著作，对研究明末开封社会历史、城市地理、经济文化、风俗礼仪等皆有较高参考价值。有抄本传世，现有写梦庵铅印本和1984年中州古籍出版社出版的孔宪易校勘本。

以上赘述，别无他意，仅是为了让读者看到姚雪垠作为一名作家，在写作《李自成》时对明代历史的研读之深。无论是正史还是杂史，取其精华，去其糟粕。2018年10月，沈阳出版社推出《姚雪垠读史创作卡片全集》（共10册），这部全集真实记录了姚雪垠在创作长篇小说《李自成》的过程中，搜集、研究、摘抄、批注的6846

张史料卡片，读之让人敬仰。他在写作过程中真是下尽了“真功夫、笨功夫、苦功夫”，喜欢历史知识的朋友可研读。

1973年春天，姚雪垠从“五七干校”调至武汉市文化局创作评论室，专门撰写《李自成》。元旦当日，姚雪垠又给荒芜写起信来，两人在信中讨论了各自对诗歌的见解和喜好。见信如下：

乃仁兄：

来信和《青邱诗集》收到好久，因我正在赶写李自成进洛阳的一章，已经兵临城下，头绪纷繁，所以暂时不给朋友寄信，全心全意“指挥”大军攻城。前天攻城部队进入城内，松了一口气，昨天处理了一些堆积的事情，今日元旦早晨，坐下来给你和克家们写信。朋友们长久不接到我的信，还不知道是怎么回事情哩。

你寄来的《青邱诗集》我非常喜欢。我虽然原来有一部，但是是中华书局的《四部备要》本。我一向最不喜欢《四部备要》本。我讨厌它排行拥挤，仿宋字体庸俗。它有白纸本和黄纸本二种，而我的又恰是黄纸本。你寄来的刻字甚佳，大概就是所谓雍正刊本。收到书是黄昏时候，晚饭后即嘱梅彩将全部各册另用丝线缀好，当夜未完工，第二天缀完了。盖刊本经过将近两个世纪，所有旧丝线均已朽断，是很自然的。

关于高启的诗，我对他的评价也相当高，他最出色的是七律，其次七古。他诗才高，功力老，学问足，这些优点都表现在七律中。《咏梅九首》艺术成就极高，令人百读不厌；曹雪芹所引“雪满山中高士卧”一联，即出在这九首中。但高启的缺点是身居元末乱世，反映现实者少，感慨不深。岂居于张士诚统治之下，有所避忌么？进入明季，不久即遭腰斩，享年不永，未能使其诗才有所发展，殊为可惜。

你说你喜欢顾炎武的诗，我也有同感。亭林不以诗人自视，所以不以诗吟风咏月，不以诗随便应酬，一生写诗不多，是逸民志士之诗，有为而作，感情深厚，笔力凝重。明清之际，大诗家是吴梅村，其七言歌行在艺术技巧上□过白居易。因他入清后一度到北京作国子监祭酒，损其盛名。听说钱谦益的诗也写得不坏，我未读过。我很推崇张煌言，其次是吕留良。编文学史的同志未给他们一定地位，未必恰当。张苍水的诗，注意的人还多；吕留良的诗，感慨深刻，艺术功力也高。

解放后，我逐渐将力量收敛在一些与创作历史小说有关的问题上，没有认真读其他方面的书，读古人，也是为着消遣，作美学享受。所以有许多该读的，都没有抽时间去读。金元两朝，我较喜欢的是元好问。特别是在金代，他是鹤立鸡群的诗人。他从杜甫吸收了不少好的东西。我有一本铅印平装本《元遗山诗集笺注》，不喜欢，如遇到较好的木刻本，请替我买一部。吴梅村的诗，我有较好的清刻本，不再要了。

我寄给你的钱，快用完了。最近再给你汇去一点，以备你随时替我收买好的“读物”。

附上新诗一首，请指正。祝

新年好！

雪垠

元日上午

七二年除夕

又是一年辞旧岁，银灯白发醉颜红。

幸无每饭三遗矢，尚有平生百练功。

手底横斜绳首字，心头起伏马蹄风。

壮怀常伴荒鸡舞，寒夜熟闻关上钟。

江汉关的钟声，每隔半小时响一次；夜间市声稍静，三镇可闻，其声悠扬清越。

《青邱诗集》，作者为高青邱，又名高启，字季迪，自号青丘子，生于1336年，卒于1374年，江苏苏州人，与王行等号称“北郭十友”“十才子”。元末时他隐居在吴淞青丘一代。明朝初年，朱元璋认为他不肯合作，借苏州刺史魏观案件把他腰斩于南京。他的诗歌成就最为突出，在艺术上取法前人，转益多师，“随事摹拟，待其时至心融，浑然自成”，最后竟达到“拟汉魏似汉魏，拟六朝似六朝，拟唐似唐，拟宋似宋，凡古人之所长，无不兼之”的地步。一生著述甚丰，主要有《高太史大全集》《槎轩集》《缶鸣集》《高太史凫藻集》《高青邱集》《青邱诗集残存》《高季迪诗集》《姑苏杂咏》《扣舷词》等。

吴梅村是姚雪垠喜欢的诗人之一。出生于1609年6月，卒于1672年1月。为明末清初著名诗人，与钱谦益、龚鼎孳并称“江左三大家”，又为娄东诗派开创者。长于七言歌行，初学“长庆体”，后自成新吟，后人称之为“梅村体”。著有《梅村家藏稿》58卷等。老舍曾自称五四运动以前“我的诗是学陆放翁与吴梅村”。

姚雪垠推崇的诗人还有张煌言、吕留良等人。张煌言字玄著，号苍水。为明崇祯十五年（1642）举人，与岳飞、于谦并誉为“两湖三杰”。工诗，能书，尤精行草。行书深得古人笔法，流畅雄健，草书奔放，劲挺气宇。天一阁藏有其真迹法书，后人编有《张苍水集》等。吕留良为明清之际学者，字用晦，又字庄生，号晚村，暮年出家为僧，名耐可，字不昧，号何求老人。其主要著作有《四书语录》《四书讲义》《何求老人残稿》等，被列为清初“十二圣人”之一。

姚雪垠所喜欢诗人的所处时代，主要为明清时代。诗人是时代的记录者，只有从诗书和史书中不断汲取营养，才能为《李自成》的创作创造精神的源泉。姚雪垠爱读书，更喜欢精湛的版本。他身处武汉，购书不便，便定期给自己的朋友荒芜汇去书款，请他在书市上沙里淘金，寻找自己心中喜爱的佳品。

1973年以来，姚雪垠在干校一边劳动，一边偷偷地写着小说《李自成》的第二卷。这个时候，在“文化大革命”期间停摆的机构能否恢复还是未知数，自己何去何从，心中还有无限困惑。他给自己的朋友诉说自己写《李自成》的林林总总，并告知了自己和荒芜共同的朋友的现状。见信如下：

荒芜兄：

我经常想念你，正在托人打听你的近况，忽接手书，喜何如之！

因机构尚待调整，我的岗位尚属虚悬，仍居“五七干校”，但亦无生产任务。近日因家中有事，回来小住。日内仍将下去，等候分配。自1964年文艺界整风开始，至今弹指八年。人生几何，时不我待。“文化大革命”前，《李》的第二卷尚有十来万字未完工，故近数日来总在挤时间做此工作，打算在今秋完成。经过八年运动，第二卷在细节处理上，大概会比第一卷深一些。第二卷大体完成之后，即送请朋友和同志提意见，而我将分秒必争地写第三卷。此书共有五卷，全部将有二百数十万字。虽全书故事布局，人物活动，主要情节，多年前即已胸有成竹，但化为文字，成为艺术语言，写在纸上，并非易事，往往几句对话，苦思半日。从现在起，倘若不害大病，不受别事干扰，今生有可能将全书写完，填起来五四新文学运动以来长篇历史小说的空白。十几年前，原计划下半生除完成

《李》之外，还可以写出太平天国和辛亥革命两部小说，如今不敢多作奢想了。

《李》第一卷经过文艺整风运动和无产阶级“文化大革命”的群众运动，经受了历史的考验。今后不管有多大困难，我都将它写成，而且会一卷比一卷波澜壮阔，激动人心。开始动念写这部小说是在抗战期间（皖南事变之后不久），后来到了重庆，到了三台和成都，此事一直耿耿于怀，但因经济困难，“著书多为稻粱谋”，并无时间去研究历史，更无余力去搜罗文献资料。解放以后，多年夙愿，得以不声不响地付诸实践，直到第一卷初稿完成之后，方有人知有此事。但从1960年冬天开始，这部稿子就逐渐受到各有关方面的重视和热情支持，在修改过程中提供了很大的方便条件。今后是否仍会有那样支持，不知道。按照党的政策，主席恩惠，今后工作上应该仍获得各有关方面的热情支持，给我所需要的一些条件。但道路总是曲折的，有时很崎岖，很坎坷。一个光辉的政策落实到具体工作上，总还有一个过程。所好的是，《李》这部书今天尚未被人忘记，已证明它为读者所重视，对社会主义文化不是负数，而且湖北、武汉党的领导同志中也有人知道最高领导看过此书，曾有过几句指示。我自己经过无产阶级“文化大革命”，也会百折不挠地争取在死之前完成此书。来信云“究天人之际，成一家之言，窃谓此其时矣”，我还得等等看，但愿在死之前能够大体上写完全书。倘若中途遭害大病或又有什么耽搁，一晃几年过去，那就只能留下半部，“赍志以没”。这样事情，古已有之，岂独我乎？

前年你来武汉，因梅彩不认识你，你也没有完全说清楚，所以没有好生招待你。我休假回来时，她告我说是一位姓黄的朋友，我想了两天，才想到是你，颇为抱憾。小舒身体如何？是否仍在报社？我好像记得她善于绘制地图。如果我没有记错，第二卷想请她费神帮我画两幅地图。一幅是崇祯十三年冬天李自成从郧阳山中入豫时行军路线示意图，一幅是张献忠、罗汝才联军入川出川和袭破襄阳行军路线示意图。当然，我先笨手笨脚地画出草图，注出古今地名和部队经过的日期，然后请小舒依照正式地画，绘成既比较准确又干净漂亮的地图。地图上可以写出绘制人的名字。将来稿费制度不知如何拟订。倘有稿费，既然插画有稿费，地图也应该由出版社付给稿费的。

徐仍在下边。闻有文联正在筹备，今年有回来可能。黄早在插队落户，近已回武汉。徐在沙洋“五七干校”

内。李蕤兄同另外两个人合作将本地一个话剧本改编成京剧本，尚在进行中。按一般道理说，我在下边等待分配的日子不会太久，但事情也难说，往往一转眼就是几个月过去了。到9月底，看情形，总该有分晓吧。将来，我希望党给我时间，专力完成《李》，绝不打杂。此意已向省市有关同志通过气。将来如叫我打杂（如参加改剧本之类），我会拒绝。我相信上级领导看得高，看得全面，会给我充分机会去写成《李》，但我也作退一步考虑，作不得已时要进行陈说、呼吁、努力争取等等考虑。

未能面谈，言不尽意。以后来信，仍寄汉口解放公园路40号宿舍2栋王梅彩收。

祝近好！

雪垠

8月14日

1949年，朋友荒芜的夫人林印被分配到铁道部人民铁道报社任编辑，随后在新华通讯社任记者。1978年调入中国社会科学院近代史研究所中华民国史研究室。她潜心研究，对茅盾、梅兰芳、程砚秋、欧阳予倩、丰子恺等人物做了深入的探索，于1985年离休。

朋友徐迟是优秀的诗人和散文家。他生于1914年10月，1932年入燕京大学借读，参加过抗战前线采访。1961年从北京迁入武汉，到长江水利工地深入生活，1966年因“文化大革命”而进“牛棚”，创作中断，1976年平反后才恢复专业创作。我们知道和了解徐迟是因为他的报告文学。无论是《地质之光》，还是《哥德巴赫猜想》，都成为报告文学史上的名篇。我曾听著名作家、时任《人民文学》编辑的周明先生说过《哥德巴赫猜想》改稿前后的故事。后来徐迟于1996年12月因病自杀，与他忘年交的周明等人，悲痛万分。李蕤1953年时从河南调到武汉，任中南文联、中南作协的第一副主席，直到1980年才摘掉了“右派”的帽子，写有散文、报告文学等。也就是在这一年，姚雪垠恢复了“三个月休假一次，一次休十天假”的生活节奏。姚雪垠和徐迟在40年代认识，在“文化大革命”后期感情就更加亲密。

1973年8月，荒芜给姚雪垠寄去了柳公权的《玄秘塔》。正在这时，姚雪垠在武汉参加湖北省和武汉市的创作会议。武汉作为“火炉”之城，姚雪垠在夏季的写作也不同程度地受到影响。见信如下：

乃仁兄：

接连参加了省、市创作会议，有一个月的时间未能继续工作。立秋以后，特别酷热，室内温度白天总在36℃左右，大大影响写作。尽管如此，第二卷已接近结束。估计10月底以前可以完工，即开始向第三卷进军。中国青年出版社因团中央尚未成立，暂不挂出牌子出书，目前他们做的是出书的准备工作。俞、朱两位答应将来看稿赐教，十分感激。俟明春挑出样本后即分别送上求教。第一卷早已找不到了。中青编辑半年前为着工作需要，在北京费了不少气力，只找到五部普及版的。你要我给你寄一部，没有办法。

我有照片一张，是前些年照的。目前精神面貌，尚无大变，只是近一年来头发脱落了些。这个相片，朋友们看见的都较喜欢，今日特寄上一张，聊当晤面。

《玄秘塔》已收到，谢谢。祝

文祺！

雪垠

8月26日

1973年春天，姚雪垠回到武汉，继续写作。6月至7

月，他参加了“繁荣武汉市文艺创作座谈会”，曾作简短发言，对所谓“三突出”创作原则提出异议。就在这个会后，因为姚雪垠的“错误”发言，他又不得不背起行李，返回了劳动干校，他的写作再次受到了影响。1974年夏天，正在写作的姚雪垠开启了自己与茅盾长达一年多的通信。在他写作的困惑期，是茅盾的信，给了他写作的力量和帮助。在信中，他们探讨了《李自成》创作过程中的各种问题。茅盾在新中国成立时，就当选为国家文化部部长，并主编《人民文学》杂志，正在“文化大革命”中的作家茅盾，给了姚雪垠无穷的力量。1975年5月13日，荒芜给姚雪垠写信，正在奋笔创作的他，过了半月才得空回信，具体如下：

荒芜兄：

13日信早收到，因要结束一个单元，故未早回信。辛之兄所刻画章，近日也从北京带来。辛之刻章不俗，有功力，且有情味。我另外写信致谢。

你的新作，前三首绝句，都有诗情，蕴藉。但第一首用“皇州”二字嫌旧，有封建气味，不如改为“神州”。第二首在三首中最佳，但是“总为苍生长志气”一句的“苍生”二字还可推敲。“苍生”不能暗指农民起义，没有阶级性。这二字容易改。第三首，首句“修史司马迁能作赋”，似乎司马迁并未作过赋，我没有查。“疑是洛阳酣战声”上的“洛阳”要改为“中原”。李自成在河南进行过几次大战，唯独破洛阳是由于官军内应，未发生大的战斗。

七律一首，我准备奉和，但现在没有工夫，只好稍过几天。这首七律，我建议你再推敲修改下。第四句“直扫家中百万央”，意义上不妥。这一联是说作者的，用“长驱”或“直扫”都不稳妥。用“挥动”如何？腹联写李自成的失败，感情略显低沉。这一联只须将前一句换为山海关大战，虽写战败，却败中有悲壮，避免“天低秋霞冷”的情调（时间也不适）。九宫山在通山县境，不在通城县境。时误于吴梅村的“绥寇纪略”，而“明史”重之。“通城”可改为“通山”或“九宫”。如对句用九宫山，起句可用一片石。山海关外大战的地方名一片石。

武汉在7月间即进入酷暑季节，一般要持续两三个月，对写作工作颇多影响。我趁目前气候好，将稿子赶一赶，到酷暑季节放慢工作。倘董译《战争与和平》能借到，仍望注意。近一年来，我的读书重点是清代的地方志书。过去也读了一些，近来更是有计划地一批一批地浏览，常常于各地志书中发现新的资料，补充正史野史所不足，或纠正正史野史之误。湖北省图书馆藏方志较多，十数年来该馆给了我很大方便和热情协助。

“五题六首”，将来打算再补写若干首。我因为过去以七绝诗的不少，数月前还在张问陶的《船山诗章》中看到一组，在一年前钱谦益的《初学集》中也看见一组。我有意采取七律形式，别于前人。这一点，你看出来了。

《李自成》第二卷中关于李信和红娘子起义的单元，最近几天校对一下，寄呈兄处。这不是第二卷中最重要的单元，只是因为请人抄稿时重复了一份，可以合出来请好友们看看，征求意见。兄看毕后，可转辛之兄处，再由他那里转另外朋友。

祝好！

雪垠

5月27日

在这封信中，荒芜寄来了自己创作的一首七律。作为朋友，姚雪垠在百忙之中开门见山，给予了自己诚恳的意见。这首诗，查阅了有关荒芜的诗词集，未见有收录，无法窥其全貌。在这个时期，姚雪垠在创作之余，有放松休息的机会就是读诗，他跟荒芜说“数月前还在张问陶的《船山诗章》中看到一组”。张问陶是清代诗人、诗论家、书画家，字仲冶，号船山，生于1764年，卒于1814年。他留给后人的《船山诗草》，存诗3500余首。其诗天才横溢，与袁枚、赵翼合称清代“性灵派三大家”，与彭端淑、李调元合称“清代蜀中三才子”，被誉为“青莲再世”“少陵复出”和清代“蜀中诗人之冠”。他的诗主张抒写性情，强调独创，反对模拟，以七绝最胜。

信中提到的董译《战争与和平》一书，1975年5月4日茅盾给姚雪垠信中提及。姚雪垠在回信中说：“关于董译《战争与和平》，我已托北京朋友给我借，决定在今夏细读一遍。我自己只有高译本，有些地方对我写《李自成》也有启发，特别是写大会战的场面和乡居贵族打猎生活的篇章，从前都吸引我读过两三遍。”在给茅盾的信中，姚雪垠提到的北京的朋友，就是荒芜。荒芜作为翻译家，对翻译外国文学有着独到的见解。

高植生于1911年，1932年毕业于中央大学社会系，通晓英、日、俄文，尤其致力俄罗斯文学的研究，1960年因病去世。早在抗日战争时期他就埋头研究翻译《战争与和平》，译稿得到郭沫若的赏识并为之作序。1942年以高地为笔名与郭沫若合译，由五十年代出版社出版发行。1981年9月由上海译文出版社推出，印数达100000册。这个版本，是根据原新文艺版重新修订而成的。

董秋斯生于1899年，1969年因病去世。原名绍明，文学翻译家。1926年毕业于燕京大学哲学系，新中国成立后，历任上海翻译工作者协会主席、《翻译》月刊主编、中国作协编审、《世界文学》副主编。从1938年起他开始翻译《战争与和平》，全部依据英文转译成汉语。1949年出版了上半部，到1958年才全部完成。

6月初，荒芜又写信给姚雪垠。姚雪垠正在创作《李自成》第三卷的相关单元，回信如下：

荒芜兄：

因为加紧赶写《李自成》第三卷，希望在酷暑来到之前写成第四单元，所以没有随时给你回信。现在先谈几件具体事，然后谈诗。

董译《战争与和平》不要了。原是茅公来信说董的译笔很好，所以我想看一看。我手头有高译本。既然董译本不好找，且有的朋友（包括你在内）说董译本不见得好，那就不用再借了。

我原说将第三卷中关于李信起义的单元寄上，也因为分不出时间校对，故未寄去。最近有时间再说吧。写条幅事，一定照办，但也略迟一下。

你给朱孟实和何其芳的诗，都耐咀味。给何的诗，因所指事情我多不了解，不好提具体意见。给朱的诗，第一联甚佳，自然而贴切。第二联用典不够贴切，因他是学者而不搞创作，用“长卿赋”和“崔颢词”尚须斟酌。我还有一个意见也许你不同意，但我认为是我们今天写诗的一个原则问题。对于朱的渊博学问，我是佩服的。朱在北大讲美学时候，我住在沙滩，常听人说听讲者十分踊跃，常常在教室窗外也站着许多人。他的重要著作，我也读过。但他毕竟是资产阶级学者，在学术路线上不仅有他的局限性，而且也有一定的坏影响。因此，你写诗赠他，既要写出来你们的师弟情谊（如第一联），写出来你对他的饱学和努力治学的尊敬，但还要在称颂中有个分寸。不然，你就歌颂了他的资产阶级学术道路和影响，而这一点是必须注意的。我们今天偶尔写点旧体诗，虽然形式是古典的，而精神境界应该是前进的。倘如此，小舒就不会反对你写诗，而你不必学刘伶的办法应付她了。

叶老善填词。承寄来俞平老手抄叶老悼朱佩弦的《兰陵王》，感情真挚而沉重，而非泛泛悼友之作。去年叶老赠我一首《高阳台》，今顺便抄呈于左：

奋笔雄怀，论文妙绪，好意数度欣承。酝酿长篇，夏冬无间神凝。闯王始末，完编日待赓书，天国金陵。选题材惟欲攻坚，功力能胜。影中头白犹方壮，看炯然双眼，英气眉棱。想望勤劳，耽闲，吾愧真填膺。汉皋京师殊非远，盼甚时把握良朋？定相将叙昔谈今，意兴云蒸。

以香山小憩照片寄赠雪垠先生，承题一律，并赠半身小影，览之喜极，因填《高阳台》一首以为酬答，即希正之。

1974年7月叶圣陶

我接叶老照片后所题的诗，（好像曾抄给你了）八句如下：

柱杖青山意态间，似听绿叶隐鸣蝉。

须眉已满昆仑雪，笔墨曾笼玉垒烟。

朴素文章秋水净，清新诗句露珠圆。

至今后学头亦白，难忘瑶华哺稚年。

我因忙于赶写《李》，并不常写诗。读古人诗和朋友的诗都要求很严（因此也常不免惹朋友很不愉快），自己却写不出好诗，眼高手低，这与不常写大有关系。

匆匆，祝好！

雪垠

6月11日

这封信，写于1975年6月11日。要说的是，由姚雪垠助手俞汝捷和儿子姚海天主编，中国青年出版社于2000年1月出版的姚雪垠书系第21卷《绿窗书简》（下）收录了姚雪垠写给荒芜书信共3封，这封信是其中之一。这封信收录时为残缺本，该信遗失一页，缺少"1974年7月叶圣陶"以下的第三页内容，甚为遗憾。

为了写荒芜和姚雪垠这个篇章，我花费了不少钱，从北京一藏家手中买回姚雪垠给荒芜的信达14封。这封信竟为全页。现辑录补遗，供研究和爱好者参考，自嘲为功莫大焉，算是对姚雪垠先生的致敬。

在这封信中，姚雪垠说"你给朱孟实和何其芳的诗，都耐咀味"。朱光潜，字孟实，安徽桐城人，生于1897年9月，他学贯中西，博古通今，是中国现代美学的奠基人。他在北京大学工作期间被聘为西语系教授，除讲授西方名著选读和文学批评史外，还在北大中文系和清华大学中文系研究班开过“文艺心理学”和“诗论”课。就在那时，作为北京大学学生的荒芜，还旁听了朱光潜的“诗论”课、闻一多的“诗经”课等。1974年，荒芜有《读〈西方美学史〉呈朱光潜先生》一诗，他们二人相识于1933年，荒芜将诗呈朱光潜后，朱光潜于1975年“戏占二首奉答”，老友之间感情甚笃。

何其芳是诗人、散文家、文学评论家。1935年毕业于北京大学哲学系。1938年在延安的鲁迅艺术学院任教。1944年至1947年两次到重庆从事文化工作。1948年至1953年在延安马列学院任教。1955年被聘为中国科学院学部委员。1957年起，在政治风潮中遭受迫害。1977年7月因病去世。他的诗具有细腻和华丽的特色，提出了建立现代格律诗的主张和古典文学研究的独到见解。代表作有《画梦录》《星火集》等。

朱光潜和何其芳都是荒芜喜欢的朋友。何其芳1969年冬天被下放到河南息县干校养猪种菜，1971年病休返京，以现代格律诗的主张写了大量新诗。1973年，荒芜有题为《赠何其芳同志》的一首七言绝句相赠。

1975年10月8日晚，姚雪垠给毛主席写信。10月19

日信由武汉发出寄往北京。他在信中表示自己已65岁，如果要全面完成《李自成》的写作计划，除了自己加紧刻苦努力外，更需要党的切实领导和具体帮助。中国青年出版社文学编辑室的负责同志虽然表示愿意将《李自成》继续出版，但是该社能否复业、何时复业，至今音信渺茫。在信中姚雪垠还说，全国读者都需要读文学作品，也渴盼《李自成》第一卷早日重印，其他各卷能加快出版，并请毛主席将《李自成》的修改本重印，批交中央主管部门解决，或直接批交人民文学出版社处理等。

1975年10月26日，荒芜给姚雪垠写信，写信的主要内容是建议由自己邀请自己的老朋友和同事杨宪益、戴乃迭夫妇翻译《李自成》第一卷英文版。荒芜和杨宪益是20世纪50年代国际新闻局的搭档，杨宪益做英文翻译，荒芜是他的中文编辑。热心的荒芜知道，姚雪垠和杨宪益共同的特点就是对事业的热忱和独到的眼光。他们两人都读过“不少古书”，有很好的古文功底，对中国的古典文学具有很浓的兴趣，而且两人都会写一手好的古体诗。杨宪益生于1915年1月，比姚雪垠小5岁。他1938年从天津英国教会学校新学书院毕业后到英国牛津大学墨顿学院研究古希腊罗马文学、中古法国文学及英国文学。1940

年回国后任重庆大学副教授，其后先后在贵阳师范学院英文系、成都光华大学英文系等任职。1953年调至北京外文出版社任翻译专家。他和夫人戴乃迭合作，在20世纪50年代已先后翻译出版了《英国近代诗抄》、《唐代传奇选》、《白毛女》(歌剧)、《鲁迅选集》(1—4卷)、《儒林外史》(全本)、《中国小说史略》等，均由外文出版社出版。

接到老朋友的信，姚雪垠当然乐意。《李自成》第一卷已出版8年，因当时社会原因在社会面已经少之又少。特别是《李自成》第二卷出版事宜，更是让姚雪垠心中焦急。具体见信如下：

荒芜兄：

接26日来信，非常感激你对《李》的热情和关心。现在我也在考虑这个问题，并非想长期将稿子搁置起来。许多读者都在盼望第二卷早出版，第一卷能够重印。但事情不那么简单。更重要的是形势。中国青年出版社文学编辑室的负责同志江晓天原希望将《李》早日出版，但事情一波三折，到现在中青尚未复业。何时复业，复业后怎么搞，他也没有把握。倘若知识分子政策落实，文艺出版形势活跃起来，不但中青毫无问题，别的出版社也会争着要。现在还不到那样时候。十来天前，吴祖光同志来信，说他想同新任出版局局长石西民谈谈，他们私交较好。我回信说目前不必，等一等……

我暂时不求胡乔木同志，也是同样道理。……

你提到请杨宪益同志夫妇译《李》，我认为这个意见很好。请你便中同杨谈谈，并请他将第一卷看看，如认为还值得介绍到国外，不妨先译一个单元，以后再谋全译。可惜我手头已无存书，在北京容易借到。

你来信谈到你与茅公通信，令我高兴。茅公近来常有病，值得担心。今将我赠茅公的七律五首以及茅公读完第一卷后一封来信请人抄出一份，一并寄上。

几个月前我曾说将第二卷请人抄一部分寄你那里，请朋友们看看。后因请人抄写不易，只抄出一个单元，所以也就没兴趣寄了。现在只好将这个单独的单元（《李信起义》）寄上。虽然在朋友中间传看，但还是希望由你保管，以后第二卷付印时，还要用的。

祝好！

雪垠

10月29日晚

诺贝尔奖金事我尚不知。此事关系颇大，倘有续闻，望见告。

在荒芜写信时候，杨宪益和戴乃迭刚刚翻译完《红楼梦》，正处于休息调整期，荒芜的建议可真是正逢其时。荒芜是个热心肠的人，他关心朋友，更加重视文学作品，《李自成》第一卷出版前，他曾邀请朋友黄永玉为其作插图未果。时隔多年，又邀请老友杨宪益翻译英文版，实在是朋友间的信任。也不知因何原因，姚雪垠和杨宪益的合作最终无果，但是荒芜对朋友的真性情和热心肠始终在文坛传为佳话。

在信末，荒芜还和姚雪垠说起诺贝尔文学奖奖金的事情。是否是荒芜建议《李自成》翻译成为英文版后，参与诺贝尔文学奖评选，目前不得而知。但是在清贫的作家面前，诺贝尔文学奖的奖金是很诱人的。对于姚雪垠来说也有吸引力，所以才问起朋友荒芜这件“关系颇大”的事情来。经查证，1983年诺贝尔文学奖奖金为150万瑞典克朗，折合人民币约39万元。但是作家对奖金之类的事情总觉得应淡泊名利。例如美国作家艾萨克·巴什维斯·辛格在1978年获得诺贝尔文学奖时，年龄已74岁，他获得诺贝尔文学奖奖金之后说:“一切都将维持原样——原来的打字机,原来的妻子,原来的住房,原来的电话号码,原来的语言。当然,我感谢这一奖金,同时我对上帝感谢每一部小说,每一种思想,每一个字,每一天生活。”这句话,对姚雪垠来说,也是同样的。如果能够获得奖金,这笔奖金可以奖掖、扶持和救助多少人啊!

11月7日下午,收到好消息的姚雪垠,按捺不住内心的激动,就给荒芜写信。《李自成》的创作能得到毛主席的勉励,这对于姚雪垠来说,就是黎明前的一道曙光。见信如下:

荒芜兄:

今天上午接北京电话,我最近为《李》的问题,给伟大的领袖写去一封,蒙主席批了两句话:“将全书写完,提供方便条件。”我尚未正式接到通知,但中央有关领导已将主席批语通知中国青年出版社,该社文学部负责人江晓天马上即来武汉,特将这一重大的好消息奉告,想着你一定会十分激动,高兴。匆致

敬礼!

雪垠

11月7日

收到信的荒芜，更是为老朋友而高兴，为《李自成》这本大部头命运的峰回路转而高兴。人常说，人有人的命运，书也有书的命运。从1957年开始动笔创作《李自成》，到当时已经过去了18年。姚雪垠为写这部小说，为收集资料而东奔西走，为不断修改而冥思苦想，为一部部的书写而殚精竭虑。这些过程中的苦闷，只有自己知道。这些好消息的快乐，只有给靠得住的朋友们分享。这对于一位已经65岁的作家，是多么难得的事情啊。见信如下：

荒芜兄：

来电和两信均收到。前天给你拍一电报，但门牌写成6号，此宅已拆，未曾投到。我大概本月下旬去京。因任务紧，到京后一般说来避免多见人。以后也许常住北京，也是如此。我给毛主席的信，日内将抄件寄给你，决非京中有人传说单纯为《李自成》出版的事，也非蒙主席批“同意”二字。克家那里传出这样不真实的话，实是误猜，既将这件事的重大政治意义降低，也将我的做人风格看低了。主席的批示是：“应该让他将书写完，给他提供方便条件。”我这几天忙得头晕，不能多写。你如见到辛之兄，请托他将实际情况转告克家，不要继续误传。

祝好！

雪垠

11月13日

1975年11月2日，毛主席在胡乔木信上批示：“印发政治局各同志。我同意他写《李自成》小说二卷、三卷至五卷。”毛主席的批示，印发给政治局的各位领导，就是为了取得大家的共识啊。12月21日，姚雪垠抵达北京，住在中国青年出版社幸福一村宿舍。

事情的原委是，1975年11月7日，江晓天刚办完从中国青年出版社调往《中国文学》杂志社的手续，但是他还关心着《李自成》出版事宜。他听朋友说毛主席指示要给姚雪垠提供方便条件，让他写完。中国青年出版社文学编辑室负责人王维玲跟江晓天说，高层已指定把《李自成》交给人民文学出版社出版，他们已派人要来把《李自成》一卷和二卷稿拿走。为了能使《李自成》这本书继续留在中国青年出版社，11月9日，江晓天乘坐飞机前往武汉，却刚好与人民文学出版社的韦君宜碰了个正着。人民文学出版社是为了落实中央指示，中国青年出版社是为了这么多年的情分。后来在姚雪垠的坚持下，书稿才得以让中国青年出版社出版。为了《李自成》第二卷的出版，中国青年出版社在团中央系统率先恢复业务，所有出版社人员从下放的农场回到北京。1976年12月，《李自成》第二卷上中下册由中国青年出版社出版发行，1979年2月第4次印刷，印数580000册，可见读者需求量之大。

20世纪60年代初，姚雪垠写完《李自成》第一卷，书稿寄给中国作家协会，半年没有信息。姚雪垠想到了中国青年出版社有个老资格的编辑江晓天，江晓天天生对文学有着灵敏的嗅觉，得知《李自成》便心向往之，早年间江晓天曾读过姚雪垠写的小说，对姚雪垠的文学创作很是欣赏，便写信给姚雪垠索要书稿。一口气读完40万字后曾撰文写道：那宏伟磅礴的气势，绚丽多彩的画面，浓郁的历史时代氛围，跃然纸上；栩栩如生的人物形象，引人入胜……

后来江晓天经组织同意后，邀请姚雪垠进行修改，《李自成》第一卷终于在1963年夏得以出版，且很快在社会上产生强烈的影响。第一次印了10万册，不到半年又加印10万册。1964至1965年又增加印数。所以说，江晓天是姚雪垠的伯乐，也是志同道合的知己。姚雪垠有不屈不挠的精神，江晓天有孜孜不倦的力量。

江晓天，1926年生于安徽定远县，1941年参加工作，长期从事编辑出版和文学理论研究等工作。曾先后参与筹建了中国青年出版社、作家出版社。他主持和参与编辑了《红旗谱》《红日》《红岩》《创业史》《草原烽火》《风雷》《李自成》等一大批文学著作，著有文学辩论集《文林察辨》、思想评论集《青年思想修养漫话》等。2008年10月7日，病逝于北京，享年82岁。他是文学百花园里最优秀的园丁之一，为现当代文学事业的繁荣做了很大贡献。

还有一件事，不得不说。正当《李自成》第二卷基本定稿要出版前，江晓天在南海某舰队服役的女儿靳红在返回驻地途中因车祸牺牲，被追认为革命烈士、中共党员，追授三等功。姚雪垠得知此信息后，给江晓天提笔写信，进行慰问。从信中，不难看出一名作家与编辑之间因为工作关系而建立的深厚情谊。见信如下：

老江：

昨天王扬同志来，得悉你的爱女在海南岛翻车致死，为之惊悼惋叹不止。我们十数年相交，深佩你为党做好文学出版工作的事业心极强，作风细致、深入负责，兼具待人热情。朋友间凡同你接触过的，均有同感。如今已是中年，在新的大好形势下正是你发挥作用，做出新的贡献的时候，出此不幸事件对你夫妇精神上自然是非常沉重的打击。希望你们多向大处想，以党的事业为重，节哀宽怀，珍重身体。工作上也可以暂时放下一部分，养好身体为要。

专此函慰，并祝嫂夫人身体平安。

雪垠

2月20日晨

1976年，66岁的姚雪垠终于完成了《李自成》第二卷，开始写作第三卷的个别单元。当年12月，由姚雪垠著，王绪阳、贲庆余、中流插图的《李自成》第二卷上中下三册由中国青年出版社出版。年底，外出的荒芜因夫人患病而返回北京。见信如下：

荒芜兄：

想你收到信时，已经回京了。小舒病情如何？

第二卷已印成上册大开本，中下册正在印，但彩色插图和封面慢一些。春节前可问世。大小版共印31万部，大概市场上未必能见到，北京也许可投入市场一点。搬上银幕（彩色宽银幕）一事，也要在今年内积极准备，争取明年开拍，由崔嵬导演。余书分三集或四集，暂不定死。

我同凤子是老熟人，只是多年不见了。欢迎同他们夫妇见面，但最好来我处，比较方便。时间由你们商定。在见他们畅谈之前，最好咱们先谈谈。

你上次来信说想看看茅公的信，当然可以。但要千万保存好。近日他又有两封信，谈问题很精辟。昨晤宋一平同志，他说《思想战线》仍要出版。到适当时候，我想从茅公信中摘出谈艺术部分，请他自己校看一遍，推出发表，以推动文艺创作。许多年来由于“四人帮”干扰，没有人敢谈艺术问题了。

那篇前言，我又改了一遍，加深加细。不管刘大年同志是否提了意见，打印稿望带来。第一卷修订本已经在拣字。

匆祝

大安！

雪垠

元月3日

宋一平生于1916年，曾经担任过武汉市委书记处书记、中国科学院哲学社会科学部负责人、国务院副秘书长等职务。1965年从武汉调北京工作，担任对外文化联络委员会副主任。1975年10月姚雪垠给毛主席的信就是由宋一平的热心帮助和疏通，并找胡乔木商谈此事，才把信经胡乔木转给毛主席，成就了《李自成》的创作和出版。

在这封信中，姚雪垠说“第一卷修订本已经在拣字”。1977年7月，《李自成》第一卷上下册修订版由中国青年出版社出版。

6月22日，姚雪垠给荒芜写信，告知自己有了一位助手，并告知了自己下月要去东北，说是旅行，实际是为《李自成》后三卷搜集历史资料。1977年夏天，姚雪垠赴沈阳、锦州、秦皇岛等地参观考察，先后考察了清故宫和松山战役、山海关大战的遗址。见信如下：

荒芜兄：

助手已决定一位，是从河北省借调的，并已办好手续。武汉方面提出的人选，暂缓决定。这不是一般工作，故非一般人可以担任的。

我将于7月中旬去东北旅行，也许得两周时间。与萧兄同来，可在我离京之前。

祝好，并祝

林印健康！

雪垠

6月27日

姚雪垠的助手张葆莘，笔名方矛、尤诚，出生于1932年，为河北临榆人，毕业于中央戏剧学院文学系。历任《文艺报》及《新观察》编辑、记者，中国社科院文研所干部。1954年开始发表作品。著有短篇小说集《眼睛的故事》《朋友之间》等。

姚雪垠得知聂华苓和安格尔夫妇返回美国后写了自己的访问记，发表在了美国的《新闻周刊》，想知道访问记的内容，便写信给荒芜，见信如下：

荒芜兄：

最近美国《新闻周刊》有关我的访问记，附有照片。请你费神找到，译书给我，使我知道安格尔夫妻是怎么写的。

《陈圆圆与吴三桂降清无关》一稿，请你近期还我，以便修改后交出，10日（下星期）我要去东陵，不在家，要或前或后光临畅谈。

祝你们双安！

雪垠

9月6日

1975年至1981年，中国青年出版社文学编辑室主任王维玲担任《李自成》第二、三卷责任编辑。《李自成》二卷即将出版，样书已经送来，姚雪垠甚是欣喜，便写信给荒芜，说起送书事宜。在这个时候，荒芜已经给杨宪益说起翻译英文版之事，所以姚雪垠要第一时间将书送给这两位朋友。从这封信来看，姚雪垠跟杨宪益还不是很熟悉，甚至还不知道其夫人的中文姓名。见信如下：

荒芜兄：

《李》二卷第一册数日内可装订完，昨日送来样本，尚大方美观。请你即将凤子、杨宪益们的住址见示，以便赠书直接寄去。杨的英国夫人的中国名字亦请见告。北京市只发行两万部，市面上将很难见到。如有朋友想买，请告我说，另想办法。祝近安！

雪垠

2月10日

杨宪益的夫人中文名为戴乃迭，原名Gladys B.Tayler，1919年生于北京的一个英国传教士家庭，7岁时返回英国学习，1937年考入牛津大学，是牛津大学首位中文学博士，在大学期间认识担任该校中国协会主席的中国留学生杨宪益。1940年戴乃迭与杨宪益在重庆结婚。1952年戴乃迭调入北京外文出版社担任英文翻译。工作两年后，调至《中国文学》杂志社工作。杨宪益、戴乃迭夫妇有“译界泰斗”之美誉，两人合译的中译英作品，从古代文学到现当代文学，成绩斐然。杨宪益在担任《中国文学》英文版主编期间，策划和主持了对外出版的“熊猫丛书”多种外文本，让中国文学走向了世界，让世界了解了中国，贡献巨大。

凤子生于1912年，本名封季壬。1936年毕业于复旦大学，早年在武汉、上海、重庆、香港等地参加过话剧和电影演出，后历任《中央日报》副刊编辑，桂林《人世间》月刊编辑，重庆《新民晚报》特约撰稿，上海《人世间》月刊主编，北京市文联《说说唱唱》《北京文艺》编委，中国戏剧家协会《剧本》月刊主编等。出版过散文集《废墟上的花朵》、长篇小说《无声的歌女》、中篇小说《沉渣》、短篇小说《鹦鹉之恋》等。她的丈夫沙博理是著名翻译家，生于1915年12月，译英著作有《新儿女英雄传》《水浒传》《保卫延安》《创业史》《林海雪原》等。自1953年起，沙博理作为外国专家，与杨宪益、戴乃迭等人在外文出版社的《中国文学》杂志社从事汉英翻译等工作，为同事和志同道合的朋友。

1979年2月，中共中央宣传部批准文化部党组决定，对新中国成立后17年来因所谓“旧文化部”“才子佳人部”“帝王将相部”“外国死人部”这一大错案受到迫害、诬陷者彻底平反。对姚雪垠来说，1979年是个不寻常的年份。这一年，除了继续创作《李自成》第三卷外，2月，他被错划为“右派分子”的问题获得改正，5月，还随着中国作家代表团访问了日本。在这年，他还出席了第四次全国文代会，当选为全国文联委员、中国作协理事。

4月11日，他雅致兴起，作诗一首，寄赠给朋友荒芜。见信如下：

荒芜兄：

久不写诗，今日偶然兴至，写七言八句，奉上请和，并请斧削。年字借先韵。

你发表在《滇池》上的诗，我已读了，不错。

祝你们好！

雪垠

4月11日

风雨

风雨崎岖二十年，未将羸马卸征鞍，

刖工梦献连城璧，逐客私栽九畹兰。

牛鬼蛇神同黑榜，鲜花毒草共朱栏。

经冬杜鹃枝頳在，点缀晴峦一片丹。

1979年4月11日兴来偶作

经查，荒芜在《滇池》1979年第1期发表《长安杂咏》（四首）；第3期发表《译〈草叶集〉小议》（世界名著介绍）一文。另外，荒芜还在《滇池》1981年第1期《诗歌》栏目发表《赠画家黄永玉》（［美］保罗·安格尔作，荒芜译），篇头配有荒芜与保罗·安格尔谈话的照片。诗包括《保罗·安格尔提问》《猫头鹰回答》《画家问答》《保罗·安格尔回答》。后附有编者按：诗人保罗·安格尔系美国爱荷华大学教授，去年曾与美籍华裔女作家聂华苓同来我国。在访华过程中，他写了一本题为《中国印象》的诗集，《赠画家黄永玉》即其中的一首。这本诗集的英文版和中文版均将由外文局新世界出版社出版。

1981年6月，荒芜著《纸壁斋集》由黑龙江人民出版社出版，1984年11月第2次印刷，责任编辑为王滋源。这本书由俞平伯题写书名。俞平伯生于1900年1月，去世于1990年10月，是中国白话诗创作的先驱者之一。在“文化大革命”期间，俞平伯、荒芜等人均下放至河南干校，在接受批斗之余也互相唱和，结为好友，交往密切。俞平伯《荒芜〈纸壁斋集〉评识》一文刊于《读书》1982年第1期《品书录》栏目。该栏目那一期刊发共10篇作品，包括叶圣陶的《叶圣陶谈〈枕下诗〉》、王力的《读〈杂格咙咚〉》、高放的《用血和汗实践社会主义》、杜迈之的《一部富于史料价值的日记》、王央乐《燃烧者的优美歌声》、卢敦基的《科学发展史不是一袋马铃薯》、施咸荣的《喜读战争与回忆》、王承昀的《漫忆千家诗》等。

1982年12月6日，首届茅盾文学奖评选结果揭晓。

12月15日，首届茅盾文学奖授奖仪式举行。《李自成》第二卷荣获首届茅盾文学奖，奖金3000元，捐赠至中国少年儿童基金会。数十年致力历史题材创作的姚雪垠，把奖励当作鞭策。他说，《李自成》第二卷还不是定稿，他要把它修改得更好。获奖作品除姚雪垠《李自成》（第二卷，中国青年出版社）外，还有周克芹《许茂和他的女儿们》（百花文艺出版社）、魏巍《东方》（人民文学出版社）、莫应丰《将军吟》（人民文学出版社）、古华《芙蓉镇》（人民文学出版社）、李国文《冬天里的春天》（人民文学出版社）。

1983年，姚雪垠为荒芜的《纸壁斋集》作序文，发表于3月20日香港《文汇报》。《与荒芜谈旧体诗》发表于同年5月8日《光明日报》。

1984年，由李准编剧、陈怀皑执导、许还山主演的历史题材电影《双雄会》上映。该片根据姚雪垠长篇小说《李自成》部分内容改编，讲述了李自成去说服已经投降了明朝的另一个农民起义领袖张献忠重举义旗的故事。陈怀皑是导演陈凯歌的父亲，生于1920年9月，去世于1994年11月，代表作有《杨门女将》《青春之歌》《知音》等。

1985年，姚雪垠已75岁。1月3日至10日，他应邀以中国作家的个人身份参加新加坡《南华早报》等单位联合举办的第二届国际华文文艺营和金狮文学奖颁奖大会。1月29日，荒芜给姚雪垠写信，在字里行间流露出对友人的关心之情。老友去新加坡参加活动，是否返回还不知，所以就去信一封，见信如下：

雪垠兄：

不知您从新加坡回京否，姑且一试。旅途如写诗，盼即寄我。

黑龙江人民出版社向我要去您的地址，说是要寄重版的书和稿酬给您，想必已经寄到。

《诗书画》创刊号想见到，盼提意见，以便改进。目前销数为55000份，要销70000份，才能够本。巴黎李治华的地址亦请见示，我们打算寄几份小报给他，问候梅彩同志。

即颂

著安

荒芜

85.1.29

《李自成》第一、二卷由中国青年出版社出版后，倍受社会各界的欢迎。黑龙江人民出版社于1977年7月、1978年7月等在哈尔滨重印，发行数量可观。出版社要给姚雪垠寄样书和稿费，可是苦于没有姚雪垠的通信地址，便写给荒芜。荒芜于1981年6月在该社出版过《纸壁斋集》，联系较多。

荒芜在信中，还向姚雪垠告知，自己参与创刊的《诗书画》已出版。苦的是，在进入市场化初期的那时，出版社的订阅销售已成为一个难题。《诗书画》订阅每月费用为2角，零售每份1角。在信中，荒芜说创刊号已销售55000份，如果按照零售价格来说，收入仅为550元，对一份文学报纸来说，真是杯水车薪啊。经查，《诗书画》出刊一年期间，未有姚雪垠的诗文，他真是一直在忙着写自己的《李自成》。

在姚雪垠这次参加新加坡的活动中，还有著名作家秦牧、萧乾，台湾著名作家三毛、痖弦均以个人身份应邀参加。姚雪垠在新加坡期间，与新加坡的青年进行了文学交流，还给文学青年们题诗留念。在这次会上，台湾作家三毛终于见到了自己心目中的大作家姚雪垠，感动得热泪盈眶。姚雪垠给以拥抱安慰。当晚彻夜难安，为三毛写了

“海外存知己，天涯若比邻”的书法并一早相送。三毛祖籍是浙江舟山，1943年生于重庆市，1967年先后游学西班牙、德国、美国等，1980年返回台湾定居。那时，三毛闯荡非洲撒哈拉大沙漠数年写下的充满了异域风光和生活情趣的散文集《撒哈拉的故事》风靡海内外，她倾诉情怀的歌曲《橄榄树》更是在宝岛台湾和大陆广为流传。姚雪垠回京后，还写了一首题为《自星岛返北京后怀台湾作家三毛女士》的诗歌：“星岛初亲才女面，台湾喜见出琼英。一支彩笔横机趣，万里青春任旅行。大漠荒凉留梦影，神州壮丽负平生。忽然痛洒炎黄泪，碧海苍山无限情。”

进入1986年，姚雪垠已76岁，荒芜已70岁。这一年的5月10日，姚雪垠还前往湖北黄冈市，参加了中国作家协会举办的“历史小说创作座谈会”，出席了湖北省为他和徐迟、碧野举行的创作50周年纪念活动。6月，住在湖北通山凤池山庄，创作《李自成》第五卷。

1月25日，姚雪垠给荒芜去信，告诉老朋友自己患了流行性感冒，影响了小说的创作事宜，并回答了荒芜的女儿询问自己明代栽花技术的有关问题。见信如下：

荒芜兄：

患了流行性感冒，一切工作均停。今日始能坐在写字台边，但仍未回复正常。

小嫩来信，询问明代栽花知识。我对此毫无研究，有一部很可参考的书，我从前有，现在没有了，清康熙帝敕编的《广群芳谱》，内容十分丰富，可以到社会科学院图书馆借出来参考。有精装铅印本，查阅比较方便。又，明刘侗的《帝京景物略》，北京出版社铅印版，其中写到丰台草桥栽花出售情况。

匆匆，即颂

近安

雪垠

1986年1月25日

在信中，姚雪垠给荒芜说了两本书。一本是《广群芳谱》，另一本是《帝京景物略》，建议请荒芜的女儿找来一读。

《广群芳谱》为清代汪灏等编著，该书原名《御制佩文斋广群芳谱》，全书共分为11谱100卷。其中花谱32卷，卉谱6卷，全书收集的栽培植物多达1600余种，为清代为止所有植物类书中最为辉煌的一部鸿篇巨制。该书于1985年6月由上海书店影印出版，共4册，根据商务印书馆1935年“国学基本丛书”本复印而来。编著者汪灏约1700年前后在世，字文漪，一字天泉，山东临清人。1685年入进士，官至内阁学士，礼部侍郎。《四库总目》记载，其官至贵州巡抚。

《帝京景物略》为明代刘侗、于奕正著。由北京古籍出版社于1982年4月出版。书中详细介绍了当时北京各地的寺庙祠堂、山川风物、名胜古迹、园林景观等。刘侗为明代散文家，出生于1593年左右，卒于1636年左右，字同人，号格庵，湖北省麻城人。他来北京时，认识了于奕正。于奕正生于1597年，卒于1636年，北京人，字司直，经历了万历、泰昌、天启、崇祯四朝。他喜好山水金石，喜欢结交朋友，好游名山，著有《天下金石志》。

最后要说的是，茅盾与姚雪垠亦师亦友，两位文学大师从1938春天开始交往至老去。尤其是在姚雪垠写作《李自成》期间，互致书信达88封。诸如历史小说的美学问题、艺术结构、中国气派与民族风格、小说语言、历史人物塑造等，有的问题尚无把握，缺乏底气，心有疑虑，姚雪垠都与茅盾请教与探讨，释疑解惑。2006年6月，由姚海天整理的《茅盾姚雪垠谈艺书简》由人民文学出版社出版发行。这本书将茅盾与姚雪垠于1974年7月至1980年2月间的80余封通信，收集整理编纂成书，值得研究和爱好者一读。

姚雪垠于1999年4月29日去世，享年89岁。在长达70年的文学创作生涯中，长篇小说《李自成》从1957年开始创作，到去世前全部定稿，已经历经了42个春秋，总计300余万字。姚雪垠生前有句个人格言："学习无止境、艺术无止境、工作无止境、追求无止境。"他对人生和文学孜孜不倦的精神和留下来的宝贵的文学遗产，照亮了后人，影响着一代又一代的追梦人。

茅盾：中国革命文艺的奠基人

1896年7月4日，茅盾生于浙江桐乡。姓沈，名德鸿，字雁冰。8岁前，读过《七侠五义》《西游记》《三国演义》等旧小说。

1904年，茅盾8岁时随母亲陈爱珠去舅舅家度夏，读完了旧小说《野叟曝言》。该小说共154回，100余万字。《野叟曝言》的作者夏敬渠，字懋修，号二铭，生于1705年，卒于1787年。他性好游历，足迹遍及四方。崇信程朱理学，以道学家观点作小说《野叟曝言》。该书围绕文素臣的发迹展开情节，熔古今中外、天文地理、医卜星象、帝王将相为一炉，集历史小说、神魔小说、艳情小说、侠义小说为一体，可谓是一部封建社会的包罗万象的百科全书式的作品，被鲁迅誉为“以小说见才学者”之首。另著有《纲目举正》《浣玉轩诗文集》等。

1905年，茅盾9岁时的夏末秋初，父亲因结核病去世。父亲生前主张搞实业，希望他将来学理工科，但茅盾兴趣不在于此。父亲曾把一本石印的《后西游记》给儿子看。《后西游记》为明代神魔小说，和《续西游记》《西游补》并称为《西游记》三大续书。该书作于明代，共40回，作者不详。

1907年，茅盾从国民初等男学堂毕业，转入乌青镇高等小学，插班三年级。

1910年，茅盾入湖州府中学堂二年级，在钱念劬先生的指导下，学习中国古典文学，又跟着杨笏斋先生学习写骈体文，两位老师为茅盾研究古典诗词乃至古代文学打开了大门。钱念劬又名钱恂，生于1853年，卒于1927年。1890年后先后在中国驻伦敦、巴黎、柏林、彼得堡、东京等使馆任职，后又任中国驻荷兰、意大利等国的公使。在民主革命影响下，秘密加入光复会。1911年，在湖州府中学堂任教，并参加辛亥革命。湖州光复后，曾代理校长之职。杨笏斋，生卒年不详，字君仪，号笏斋，清代婺源人，客居姑苏，善指头画，明吏治，肆力六书古文。

1911年10月10日，武昌起义爆发。

1913年，茅盾毕业于杭州安定中学，到上海参加北京大学预科第一类考试，被录取。8月，从上海坐船到天津，坐火车到北京。

1914年，第一次世界大战爆发。

1915年9月15日，陈独秀在上海主编的《青年杂志》创刊，后改名《新青年》。茅盾受到革命民主主义思想的启蒙。

1916年，茅盾20岁时从北京大学预科班毕业。在毕业前夕，茅盾母亲陈爱珠及祖父沈砚耕分别给卢鉴泉写信，希望卢鉴泉为茅盾找份工作。茅盾母亲还表示，不想让自己儿子进官场或银行工作，希望卢鉴泉帮忙。经卢鉴泉引荐，茅盾被商务印书馆北京分馆孙伯恒经理介绍给上海商务印书馆经理张元济，8月28日，他到上海商务印书馆编译所英文函授学社阅卷员岗位工作，月薪24元，不提供宿舍。卢鉴泉是茅盾的表叔，当时是北洋政府财政部的公债司司长，与商务印书馆有业务来往。

1917年1月，茅盾开始在《学生杂志》发表译作。12月，在《学生杂志》发表《学生与社会》。这是茅盾第一篇正式发表的论文。1914年7月，商务印书馆编辑的《学生杂志》创刊，该刊初期以发表学生各种形式的练习为主，大多为与课堂学习有关的心得、论文、随笔及文学、美术、摄影等作品，1947年8月终刊。《简明茅盾词典》记载，从1917年至1921年，茅盾以沈雁冰、佩韦、雁冰、Y·P等名发表作品计35篇，包括创作、作家传记、文艺论文、汉译文学作品、科学、实用工艺及社会运动方面的文章。如茅盾公开发表的第一篇译文、科学幻想小说《三百年后孵化之卵》，第一篇文学论文《托尔斯泰与今日之俄罗斯》，论文《1918年之学生》《文学上的古典主义、浪漫主义与写实主义》等。

1918年2月，茅盾与孔德沚结婚。两人为5岁时订下的“娃娃亲”。孔德沚原名孔世珍，婚后茅盾给她取名德沚。孔家几代在乌镇开蜡烛坊和纸马店。孔德沚不识字，由茅盾母亲负责施教，曾去附近石门湾振华女校就学一年半。1921年2月到上海与茅盾同住。

1920年初，24岁的茅盾结识了陈独秀，加入了由陈独秀发起并组织的共产主义小组，参加在上海筹办的《新青年》编委工作。11月，张元济、高梦旦将面向全国的文学杂志《小说月报》交给茅盾，让其担任主编，茅盾从此擎起中国新文学的大旗，他利用《小说月报》这一阵地，抨击旧文学，宣传新文学，成为中国文坛的一名健将。

1920年，茅盾与胡愈之、郑振铎等发起成立文学研究会，推进新文学运动。

1921年，中国共产党正式成立，茅盾正式转为中共党员，为中国共产党最早的党员之一。他曾在上海平民女校、上海大学义务当过英文教师，讲授“小说研究”和“希腊神话”等。4月，与鲁迅开始书信往来。

1925年底，茅盾作为中共上海地区兼执行委员会宣传部部长，赴广州参加国民党第二次全国代表大会。1926年1月，留广州担任国民党宣传部秘书，编辑国民党机关报《政治周刊》。

1927年元月初，茅盾与妻子孔德沚一同乘船从上海到达武汉，住武昌阅马场福寿里26号。这是茅盾首次来到武汉的第一个住所，他在这里住了达3个月之久，对武汉的政治氛围有深切感受，从而孕育了他长篇小说处女作《蚀》三部曲。这部作品中的《幻灭》《动摇》都是以大革命时期的武汉为背景的。作为一名现实主义作家，茅盾的文学作品与时代紧紧联系在一起。4月初，党中央决定让茅盾主编《汉口民国日报》，担任总编辑职务。1926年11月，《汉口民国日报》在武汉出版发行，在这段时间，它名义上是国民党湖北省党部的机关报，实际上由中共中央宣传部直接领导。该报由董必武任总经理，茅盾为第三任总编辑，主要任务是审定稿件、确定版面和撰写社论，支持农民革命运动，揭露反动派残暴罪行。1927年7月8日，茅盾辞去《汉口民国日报》的工作。

1927年初，国共合作期间创建的综合性大学——国立武昌中山大学开学，茅盾被聘为讲师。9月在《小说月报》发表署名“茅盾”的小说《幻灭》，这是我国现当代文学史上茅盾笔名的第一次出现，也标志着他以文学评论家、职业政治活动家的身份，转变为以从事文学创作为主的现代作家。大革命失败后，茅盾从武汉秘密回到上海，住上海闸北横滨路景云里。这时鲁迅从广州返回上海，两人租住在一个弄堂内，鲁迅来茅盾的住处探望。

1928年7月，经陈望道帮助，32岁的茅盾赴日本，开始流亡生活。

1930年4月，茅盾从日本回到上海，拜访鲁迅先生；参加“左联”。“左联”胡也频、柔石等5位青年作家被国民党反动派杀害后，鲁迅与史沫特莱起草了《中国左翼作家联盟为国民党屠杀大批革命作家宣言》《为国民党屠杀同志致各国革命文学和文化团体及一切为人类进步而工作的著作家思想家书》两份宣言，由史沫特莱拿给茅盾，经茅盾修改并翻译成英文后在中国左翼作家联盟秘密出版的《前哨》第1期发表。

1932年1月，日本帝国主义发动了“一·二八”事变。2月3日，鲁迅、茅盾、冯雪峰等上海文化界著名人士联名签署发表《上海文化界告世界书》，坚决反对帝国主义瓜分中国。9月，与鲁迅等人发起庆祝高尔基创作活动40周年和中苏复交等活动。

1933年1月，长篇小说《子夜》由开明书店出版。茅盾携夫人孩子前往鲁迅处，将书赠予鲁迅，同时还赠有《茅盾自选集》一本。《子夜》精装本扉页有“鲁迅先生指正　茅盾　一九三三年、六、十九”字样。这几本书，鲁迅保存多年，去世后，由夫人许广平将他生前所有书刊全部搬迁到上海淮海中路淮海坊新址。1949年后，许广平将鲁迅藏书捐献给国家。1933年7月，大型文学杂志《文学》在上海创刊，茅盾做了大量编务等工作。

1935年华北事变后，抗日民族统一战线建立，茅盾表示坚决拥护。

1936年10月19日，得到鲁迅因病去世的消息后，茅盾拖着病体从家乡返回上海，成为鲁迅治丧委员会成员之一，并参加了鲁迅先生纪念委员会筹备会的工作，起草了筹备会印发的三份公告。这一年，“左联”解散，茅盾开始担任丛书《中国的一日》主编。这套丛书为推动全国人民抗日救国、反对投降、一致抗日的斗争起到积极作用，在全国产生较大影响。

1937年12月，因抗日战争茅盾离开上海，乘船前往香港。

1938年，茅盾大多时间在广州、香港之间来回，主编《立报》副刊《言林》和《文艺阵地》等文学杂志。《文艺阵地》当时在香港编辑，广州印刷。同年3月27日，中华全国文艺界抗敌协会在武汉成立，会刊为《抗战文艺》，口号为“文章下乡，文章入伍”。茅盾与周恩来、老舍、荒芜、田汉、爱泼斯坦等人参加并合影留念。

1938年，得知杜重远在新疆兴办教育，在时任八路军驻港办事处主任廖承志的支持下，茅盾于12月20日举家登上法国轮船“小广东”号，离开香港，前往新疆乌鲁木齐。因兰州航线原因滞留40余天后由兰州飞至哈密，1939年3月8日乘汽车经鄯善、吐鲁番，于3月11日到达。1940年5月5日离开，离开原因为新疆军阀盛世才原形毕露，将茅盾的挚友杜重远逮捕入狱，茅盾一家借故紧急搭乘苏联领事馆的飞机逃离。茅盾刚离开，毛泽民、陈潭秋等共产党人和进步人士就被杀害。在新疆期间，茅盾除担任新疆学院教育系主任外，还承担了文学、教育学等课程教学。他还志于当地文化建设，担任了新疆文化协会委员长，在撰写文章之余，支持新疆创办刊物，组织编写教材，推动剧团演出等。

1940年5月6日，茅盾计划从哈密乘飞机经兰州到重庆。后因航班座位原因与同行者张仲实前往延安。5月26

日，经西安到达延安后，参与文化活动，并在“鲁艺”讲授中国市民文学概论。同年周恩来从重庆来电，点名要他到重庆承担文化工作委员会工作。10月10日，茅盾、董必武等人离开延安赴重庆。

1941年1月，蒋介石蓄意制造破坏国共团结抗战的重大反共事件——皖南事变，标志着国民党顽固派发动的第二次反共高潮达到顶点。2月下旬，茅盾乔装打扮，悄然搭车离开重庆，经贵阳、桂林南下。3月下旬，再次来到香港，与夏衍、范长江和端木蕻良等人见面，并在《华商报》副刊《灯塔》发表了一系列散文。我们在教科书中学习过的《白杨礼赞》就是茅盾这一时期的代表作品之一。夏，茅盾的长篇小说《腐蚀》连载于邹韬奋主编的《大众生活》，是以国民党第二次反共高潮为背景的文学作品。10月，《腐蚀》单行本由上海华夏书店出版。9月1日，茅盾主编、曹克安任社长的文艺性综合半月刊《笔谈》创刊，12月1日终刊，共出刊7期，茅盾发表各类文章63篇。12月7日，日军偷袭珍珠港，太平洋战争爆发。不久，日军发起向九龙的进攻，香港危在旦夕。

1942年1月9日，茅盾一行在中国共产党的安排下，从九龙登岸，经惠州、韶关等地，抵达桂林，这时已是

1942年3月初。12月，茅盾离开桂林抵达重庆，开始了为期3年多的重庆生活和工作。

1945年8月15日，日本宣布无条件投降，抗日战争取得胜利。

1946年3月16日，茅盾离开重庆，飞抵广州。5月，乘船经香港抵达上海，住山阴路的大陆新村。除写作外，茅盾继续翻译工作，如出版《文凭》《苏联爱国战争短篇小说译丛》等。夏末秋初，周恩来从南京来到上海，住思南路中共代表团驻沪办事处。茅盾、巴金、夏衍等人参加了周恩来举行的招待会和纪念鲁迅逝世10周年活动。

12月5日，受苏联政府邀请，茅盾同夫人一并坐船前往苏联访问。

1947年4月5日，茅盾从苏联出发，4月25日回到上海，叶圣陶、郭沫若夫妇到江海关码头迎接。12月初，受中共党组织安排坐船到香港。1948年12月底，和在香港的民主人士一起坐船秘密到大连、沈阳，转至北平参加筹备新政协会议。

1949年2月25日，茅盾抵达北平。5月22日起主持《文艺报》编委会组织的座谈会。7月2日，参与中华全国文学艺术工作者首届代表大会，并作大会报告。23日，中华全国文学工作者协会正式成立，茅盾被选为主席。10月1日，出席中华人民共和国中央人民政府成立典礼，即开国大典。随后，茅盾被任命为中央人民政府文化部部长。25日，《人民文学》创刊，茅盾担任主编。

1953年10月，茅盾担任中国作家协会主席。中国作家协会由中华全国文学工作者协会改称而来。

新中国成立后，外文出版社开始系统地翻译、编辑和出版《离骚》《唐代传奇》《宋明平话选》等中国古代文学名著和鲁迅、郭沫若、茅盾、巴金等中国现代文学大家的经典名作。

荒芜和茅盾认识，应在20世纪40年代的重庆。

由阿玛卓夫著、荒芜译的《苏联文艺论集》一书，于1949年7月由五十年代出版社出版，茅盾为其题笺。该书包括《论文学的倾向性》《论文学的自由》《苏联文学诸问题》《高尔基的美学》《论法捷耶夫》《论格罗斯曼》《论潘菲洛夫》《论萧洛霍夫》《莎士比亚在俄国》和后记，于1950年10月再版。

1955年，外文出版社编辑英文版《子夜》和《茅盾短篇小说选》。当时荒芜在外文出版社图书编辑部工作，常常登门与茅盾商议书籍编辑等事务。英文版《子夜》由叶浅予插图，1957年第1版，1979年为第2版。英文版《茅盾短篇小说选》由沙博理译，1956年第1版，1979年为第2版。

以下这两封信，经考证应为茅盾1955年写给荒芜的信（当时荒芜在外文出版社主持对外图书编译工作）。在翻译和编辑《宋明平话选》期间，阿英、王作民、王古鲁和荒芜等人均与茅盾有书信来往。这些信件，未能收录到《茅盾全集》中，甚为遗憾。现将茅盾写给荒芜的两封书信，辑录如下：

荒芜同志：

兹奉还前借之《警世》《醒世》及《古今小说》。你处有没有《二拍》？如有，也请借下一阅。

此致敬礼。

沈雁冰

12月20日

你们的征求选题意见的单子，容缓数日，俟看过《二拍》后，便当奉上。

《醒世恒言》是明末文学家冯梦龙纂辑的白话短篇小

说集，同作者之前刊行的《喻世明言》《警世通言》一起，合称“三言”，是最重要的中国古代白话短篇小说集之一。三者通常亦与凌濛初的《初刻拍案惊奇》《二刻拍案惊奇》并称为“三言二拍”。为了做好书目的编选，茅盾向荒芜借阅了该书后，又给荒芜写信，就《宋明平话选》（英文版）一书书目的选编，提出了个人的意见和建议。见信如下：

荒芜同志：

来信收到。宋明平话我选了12篇，见另纸。所以只有这12篇，因为我仅仅看了“二言二拍”及前本通俗小说。其他的书，或因找不到，或因本子太坏，贱目实在吃不消，屡看屡辍，既未窥全豹，也就不选了。查现所选各题，无论是文学研究所推荐的，或是我所选的，都是讲男女关系的多，这是美中不足，也许有见于此，文学研究所就选了《沈小霞相会出师表》《王安石三难苏学士》等篇；但我觉得沈小霞、王安石等篇并不怎样好，所以没有选。我以为选题的原则，可以是这样三条：一、表现社会生活（人情世态），因而题材要是多方面的；二、关于历史人物的传说（王安石与苏学士一篇可属此类，但我所以不选，是考虑到外国读者不一定看得懂）；三、现实主义（但也不排斥一二民间传说之带神怪性的）。不知你们以为如何？

敬礼。

沈雁冰

7日

上谈“选题”两信的具体年份，可考为1955年。据2022年作家出版社出版的《阿英与友朋书信辑录》第316页，有荒芜致阿英同志的一封信，年份标为1955年，内容为“阿英同志：送上文艺图书三年选题计划及1956年度选题一份。我们已函请沈部长于最近期间召开编委会讨论，请您准备意见。敬礼。荒芜7月27日”。

1957年，由杨宪益、戴乃迭夫妇英译的《宋明平话选》由外文出版社出版发行。1981年再版。1957年3月6日至13日，中共中央在京召开有关党外人士参加的全国宣传工作会议。会上，毛泽东做了重要讲话，强调贯彻“百花齐放，百家争鸣”的方针。

1958年至1964年，茅盾日常政务活动较多，兼具写作。

1965年1月5日，茅盾被推选为全国政协副主席。5月，文化部领导改组，仍任部长。

1966年8月，中共八届十一中全会在京举行，通过了《中国共产党中央委员会关于无产阶级文化大革命的决定》。“文革”爆发后，茅盾一直处于与世隔绝的状态。

1970年1月29日，孔德沚因病去世，终年73岁。

1971年12月，在中共中央号召下，全国开始“批林整风”。

1972年2月28日，中美双方发表联合公报，开辟了中美关系的新前景。

1973年7月，茅盾给周恩来总理写信，诉说自己的遭遇和想法。

1974年12月12日，茅盾离开住了25年的文化部小楼房，迁居交道口南大街后圆恩寺13号。

《茅盾全集》中收录的两人的通信，已是1976年。这一年，茅盾已是80岁高龄的老人。臧克家、姚雪垠、荒芜、黄永玉等朋友记着7月4日这个特殊的日子，是茅盾的寿辰。7月1日，荒芜便虔诚地写信一封，并作诗四首，以表祝贺。见信如下：

茅公：

前天听说本月是您的八秩大庆，衷心感到高兴。为了表示敬意，写了四首小诗，录呈教正。我写旧体诗，也是半路出家，扭扭捏捏，很有改组派的味道，不登大雅。所以斗胆奉呈者，一、说的都是真心话，二、无以为贺，野人献曝，以博一粲云尔。画家黄永玉也准备画一张画送您。

我们知道您不愿意惊动人，所以除一二知交外，未敢声张，请释念。专此，敬颂

著安

荒芜

1976年7月1日

寿茅盾先生

海屋添筹万首诗，国中大老是宗师。

《白杨礼赞》知高节，《子夜》悲歌记梦思。

桃李江湖花满树，天南地北酒千卮。

灵山偷得煌煌火，不向嵩阳问紫芝。

其二

天教芹圃作前驱，特授生花笔一株。
早负令名诠马列，新传谠论满江湖。
九州金铸神奸象，百世人钦货殖图。
睡起客来谈会猎，偏师昨已获封狐。

其三

嘉陵江水碧如蓝，海角归来战正酣。
自有文章歆上国，岂徒竹箭美东南。
关中俊杰尊元礼，江左风流数谢安。
彩笔会须干气象，故应《霜叶》继《春蚕》。

其四

辎轩几渡海天春，博雅温文万国宾。
声价早年空大宛，文章今日重寰垠。
传经我忝龙门客，题字公矜象寄人。
伫立中宵瞻北斗，大星如月耀苍旻。

7月3日，诗人臧克家来访，祝贺茅盾80岁寿辰，姚雪垠寄来诗作一首，表达敬意。7月6日晚，朱德去世，作为朱德治丧委员会委员的茅盾，便给荒芜回信。见信如下：

荒芜同志：

手书与七律四首早已拜读，迟复为歉。您自谦写旧体诗是“半路出家”“改组派”，大非事实。但尊诗对我评价过高，使我十分惭愧。早年浪得虚名，中年已悔少作，非不努力，而斗筲之器，不过如此。晚年则因脱离火热斗争的生活，世界观没有改造，更不敢贸然下笔。

今晨知总司令逝世，不胜哀感。一个月前在电视中看到他接见外宾，精神矍铄，真想不到忽然弃世也。

匆复　即颂

工作胜利，精神康泰。

沈雁冰

7月7日

收到复信的荒芜，更是感动不已。在回信中给茅盾说了画家黄永玉的作品已创作完成，正在装裱之事。荒芜觉得自己的字写得不好，便请朋友曹辛之来写。曹辛之是著名的书籍装帧艺术家、书法篆刻家和诗人，生于1917年10月，在出版界、文艺界具有较高的声誉。杨宪益于

1953年调入外文出版社工作，1978年任《中国文学》（外文版）副主编，担任主编的就是茅盾。见信如下：

沈老：

7日手示祗悉。

永玉同志已画好，正在装裱中。画的是桃李花，取桃李遍天下之意。他有国画的工（功）力，又能运用西画的技法，冶中西于一炉，在构图与设色上，且常有新的探索与突破。您看了也许会喜欢的。

我的诗毫无新意。既是贺寿的，就该恭恭敬敬誊写在一张好纸上，才像个样子。可是我的字写得太差，拿不出手，只好请篆刻书法家曹辛之同志代写一张，以人之长，补己之短。曹又精于装裱，并请他裱好，作为我们共同的小礼物，也就是所谓的"纸半张"。

杨宪益同志您是认识的。他是您的短篇小说集的英译者，现在仍在英文版《中国文学》任顾问。他早就想去看看您。

希望指定一个时间，以便趋前，面申贺忱。

还希望您能给我们各写一个小条幅，最好写您自己的诗，以作纪念。专此奉恳，伫候明教，顺颂

长寿

荒芜

1976年7月9日

我现在每天在北京图书馆参考部工作，电话：666331－40分机

在信中，荒芜提出和杨宪益去看望茅盾的请求，还希望能够得到他诗作的书法条幅。1976年7月28日凌晨3时42分，唐山发生7.8级大地震，北京、天津等地震感强烈。茅盾便回信自己正在忙活搬家的事情，并在信中表达了对荒芜和曹辛之合作送来礼物的感谢。见信如下：

荒芜同志：

日前关同志来，因正忙于整理书物，未遑晤谈为歉。住房必须拆掉重建，那是21日通知我的；且谓施工队（正在同一个胡同的6号修建）26日可将6号的修建工作完毕，27日即转到我处，因此至迟我必须于27日（今日）搬走。从那时到昨日，忙得不可开交，因为前院后院两个上房都要拆建，书、物都必须整理后堆在前院东西两厢房内，特别因为只是暂时离开两个多月，书、衣、物必须区分何者

要带去，何者留存东西厢房（家具如书橱完全存留，椅桌酌带一部分），因而比平常搬家更花时间，但昨日施工方面谓：6号房修建要拖几天（想来最近一星期多雨有关系），因而我们可以迟到30日搬走。这样，算是有个喘息时间。但这两三日还得加油，方能把东西安排好。您的诗，加上辛之兄的篆书、装裱，相得益彰，可惜我是不足道的文艺工作者，受之有愧。匆匆，谢谢您，也请转谢辛之兄。新居在西城，甚远，地名我还说不上。搬定后再写信。此致

敬礼！

沈雁冰

8月27日早

1976年国庆节期间，已有一个多月未给茅盾写信的荒芜，终于提起了笔。一是问搬到北京西郊阜外三里河南沙沟九楼二号门居住的情况，这个地址，是吕剑告诉荒芜的。吕剑生于1919年，他1944年在昆明《扫荡报》担任文艺副刊主编，1946年至1947年任香港《华商报》副刊主编，与茅盾多有交集。二是谈起自己对茅盾写的七律《读〈稼轩集〉》的意见。茅盾的这首七律写于1973年夏

天，原题为《咏史》，后改为《读〈稼轩集〉》。茅盾借史抒怀，通过吟咏南宋爱国词人辛稼轩的生平事迹，寄寓自己在十年浩劫之中沉痛愤慨的心情。这首七言律诗借史抒情，寓意深沉，既是咏叹历史人物，又是作者夫子自道。末句更是语重心长，表现这位文坛长者对于各地友人的怀念之情。当时茅盾曾将此诗题赠各地友人，给大家以深刻的教育与鼓舞。

在信中，荒芜说了自己北大的老同学邓广铭对辛弃疾有较深研究。邓广铭生于1907年3月，1936年从国立北京大学史学系毕业后留校。在“文化大革命”中受到迫害，直到1971年回到母校继续教学。其对宋史研究成就突出，出版有《辛稼轩先生年谱》、《稼轩诗文钞存》（校补）、《北宋政治改革家王安石》、《岳飞传》、《稼轩词编年笺注》（笺注）、《陈亮集》（点校）等。见信如下：

沈老：

上周碰见吕剑，听说您暂住三里河，13号的房子总快修好了罢？

拜读您写的《读〈稼轩集〉》，很受启发。辛词过去读过一些，很喜欢。但对这位著名词人则缺乏研究。北大老同学邓广铭曾在他身上下过不少功夫，而且搞得很有成绩。不过我一直认为，如果辛幼安不南渡，在敌后坚持游击战，以他的聪明才智，也许会打开一种新的局面，因而在文学方面，取得更大的成就。曹孟德就是一个先例。文章并不一定“穷而始工”。本着这点意思，我也写了一首求教。

剩抛心力作词雄，同病相怜陆放翁。

竖子何能隳大业，使君失计过江东。

回师鹏举功全废，冒进平原技已穷。

寂寞带湖风月夜，《美芹》书罢更书空。

我的诗都是打油诗，翻案文章更难作，诚如尊诗所云“翻案文章未必共”也。琐琐奉渎，恕罪恕罪。敬颂

节安

荒芜

1976年10月2日

10月7日，茅盾给荒芜回信。辛弃疾一生以恢复中原为志，以功业自许，却命运多舛、备受排挤、壮志难酬，但他恢复中原的爱国信念始终没有动摇，尤其以其词抒写力图恢复国家统一的爱国热情，倾诉壮志难酬的悲愤，对

当时执政者的屈辱求和颇多谴责，茅盾对此进行了肯定。见信如下：

荒芜同志：

2日大札奉悉。暂住三里河已一月余，旧居或可于月底修好，那时即将迁回。

尊作为稼轩翻案，未经人道，风格清新，而仍自谦为打油，无乃过当。鄙意稼轩当时属望南朝，认为有中兴气象，以为收复中原舍此基础而他图，盖亦中儒家尊王之毒，然南渡君臣不都金陵而都临安，即此可见缺少进取之心，稼轩于此失察，难逃千年后我辈之讥，尊诗云云犹为稼轩惜也。鄙作无新意，只是替他抱恨。结句以陈亮、陆游相比，固从文章着想，然亦指以器识言，三公者实当时翘楚也。尊意云何？

邓广铭先生著作亦曾细读。对稼轩作如此深刻研究者未见其伦，自是传世之作，可惜已多年不重版矣。

近日天气不正常，贱躯遂受影响，尚幸不致卧床不起，匆匆，即颂

健康

沈雁冰

10月5日上午

通讯地址为：阜外，三里河，南沙沟，9楼，2号。

1976年10月18日，中共中央发出《关于王洪文、张春桥、江青、姚文元反党集团事件的通知》，标志着“文化大革命”结束。11月上旬，茅盾搬回位于交道口南三条13号原址居住，那些天他忙着收拾书房。11月16日，复信荒芜如下：

荒芜同志：

接奉11月7日大函及诗，正值我收拾书、物，再搬回交道口之时。现搬回已将一周，仍然乱糟糟，各物未安置妥帖，有些东西也还没有找出来。但不能再拖延作复，草此数行，聊以告慰。打倒“四人帮”的诗、词等，有已读者，亦有闻其名而未遑阅读者，各有优胜，亦各有未尽处，盖如此大事，概括为七律、曲子、词，实在不容易。我搬家之前，为连续感冒所苦，今则心绪尚未安定，谈不上写诗。日后如有所成，当奉教。

匆此　即颂

时祺！

沈雁冰

11月16日

1976年11月18日，荒芜给茅盾回信一封。对“四人帮”倒台甚是高兴，信中附诗9首，其中《为江青画像》4首，辛辣讽刺到位。

唐山大地震已经过去3个多月，但是余震还是不断。因为主震震级越大，余震持续时间就越长。加之已经进入冬季，对于市民群众来说，防震抗寒成了当时的一件重要的工作。见信如下：

荒芜兄：

诗都拜读了。您自说是打油，我看还是相当正经。我只提一点意见，即“吕雉凶残孙寿狂”句中既用吕雉又用孙寿比拟江妖，似乎重床叠架；大概您是想以堕马妆指江之喜骑马，所以用了孙寿。

近日又要防震了，前、昨两日相当紧张，但幸而无事。据说今冬明春，随时都有再震之可能，长期防震，又值严寒，想来有不少人觉得困难。敝寓改建后据说可抵抗八级，如何不可知，但十五夜小震，住房都无事，所以我也住在室内，不作他计。

勿此　即颂

健康

沈雁冰

11月23日

12月6日，荒芜给茅盾写信，茅盾见信之后才知上次发出的信不知何因未能收到。在信中，荒芜表达了要搜集编辑茅盾诗词的事儿，茅盾表达了婉拒。今天能到见到的《茅盾诗词》版本，最早为1979年11月由河北人民出版社出版，平装版，印数19600，定价0.34元，为春光文艺丛书之一。见信如下：

荒芜同志：

得本月6日手书，知前信未到，甚为诧异。此信无别事，只说兄欲为拙作诗词搜集，殊不敢当，且觉无此必要。因为自知所作，只是像旧体诗耳，意境仍然是杂文而已。写过即算，初无意留底。六〇年前写过几首，都是逼出来的，曾在当时日报及刊物上发表过。近年偶有所作，

都未发表，亦不求发表也。前信确系毛笔写封面，不知何故已到尊所，而未到兄手。同日寄克家一信，他也没有收到。匆匆即颂

健康！

沈雁冰

1976年12月15日

《茅盾诗词》的出版，才使得其诗词创作开始为广大读者所注意。因为茅盾向来以小说、散文著称，诗词创作始终为其空余时间的雅趣。该集子收集茅盾在不同时期的诗词67题101首。这本诗集的出版，是否缘起荒芜，至今不得而知。

时间又过去了半年。1977年7月16日至21日，中共十届三中全会在京举行，会议审议通过了《关于王洪文、张春桥、江青、姚文元反党集团的决议》等。7月30日，他看到了3年前由麻省理工学院出版社出版的《草鞋脚》，便写信给茅盾。见信如下：

茅公：

最近我们看到1974年美国MIT出版社出版的一本英

译中国短篇小说选集。这个集子编选了1918—1933年间中国左翼作家的小说23篇（另有郭老的一个剧本《卓文君》和殷夫的一首诗），其名*Straw Sandale*，编者Harold R.Isaccs。书前有鲁迅先生写的短序（即《且介亭杂文》集中的《〈草鞋脚〉小引》）。编者Isaccs在他们专序中说，本书是在鲁迅和您的指导之下编选的。序中多次提到了您并且提供了一些背景资料。我们准备把该序译出来，抄一份给您，也许会帮助您回想起更多的事情来。专此奉闻，并颂

大安

荒芜

1977年7月30日

《端木蕻良文集》记载："茅盾曾在关于《草鞋脚》一文中谈到，这个集子是1934年他和鲁迅帮助美国伊罗生选编的。鲁迅、茅盾都着重介绍'左联'成立以后涌现出来的一批有才华的青年作家，要使外国人能够知道一些。他俩共同研究了一个选目单子，并由茅盾写了几则作者和作品的介绍，共同研究起草了《中国左翼文艺定期刊编目》。但该书由伊罗生更换了篇目，未能出版。40年后，

即1974年才在美国出版。”

30年代，中国左翼文艺运动正处在白色恐怖的严重压迫之下，左翼作家受到了严重的迫害，图书禁止出版，出版的书籍必须烧掉。就是在这种险恶的政治环境中，鲁迅和茅盾不辞辛苦，不惧怕风险，亲自选编了该书的目录，要重点向国外介绍中国左翼作家的作品。在白色恐怖的环境下，他们选编和介绍左翼青年作家的新作，不仅是对左翼作家群体的关心和培养，更是一种鼓励和支持。

伊罗生在30年代将这本选集取名为《草鞋脚》，得到了鲁迅和茅盾的同意。这本选集取名的由来，与鲁迅1932年11月27日在北京师范大学的演讲有关。这次演讲的题目是《再论“第三种人”》。鲁迅说，有些作家正自命为“第三种人”，要超然于斗争之外，所以鲁迅给以打击，谓他们的立场与“为艺术的艺术”相同。这些人，先前曾用皮鞋踏进了中国旧的文艺园地里去，这回却想牢牢坐定，拒绝草鞋脚踏进来。鲁迅之所以这样说，是为了深刻批判那些超然于工农之外的文艺家，称他们穿着皮鞋踏进中国旧的文艺园地，拒绝工农大众的普罗文艺这只“草鞋脚”踏进文艺阵地。该选集的翻译者伊罗生就是受到鲁迅的这次演讲的启发，将作品集取名为《草鞋脚》，十分切题和生动。当然，在后来篇目的选定方面，伊罗生和鲁迅、茅盾的意见不完全一致，有双方当时的相互致信作为依据。那时伊罗生已离开上海前往北京，所以双方为此通信，主要讨论的是篇目的选定事宜，后来该书出版时，在考虑鲁迅和茅盾意见的基础上，以伊罗生选定的篇目为准。

1977年8月1日，荒芜前往石家庄市休假。还没回到北京，家里告知茅盾来了信，索要《草鞋脚》的序言，他便回信一封。见信如下：

茅公：

我于8月1日来石市休假，下周才回京。今天得北京来信，知您有信给我，想看《草鞋脚》的序言。序已译出，回京后当抄寄一份。

来石之前，曾在雪垠处见到英文《中国文学》的杨宪益同志，《中国文学》打算择译一两章《李自成》发表，并想请您撰文介绍，当时大家一致认为，这篇文章由您来写最为合适。

另纸抄呈近作打油诗二首，请指正。敬颂

著安

荒芜

1977年8月5日

七月廿二夜欣闻邓小平同志复职

骏骨成尘忆郭隗，黄金销尽已无台。
十年人共长安老，一夜春从大地来。
箫鼓齐归街里去，心花争向酒边开。
如今燕赵皆兄弟，乐毅书来不用回。

过滹沱河书怀

芜蒌亭外柳依依，三十年间几是非。
漫道盖棺能论定，应知殊术可同归。
当时一战平新莽，此日六军汰贵妃。
四海人心存一饱，豆羹胜似首阳薇。

在这封信中，荒芜跟茅盾说，《中国文学》打算择译一两章姚雪垠的长篇小说《李自成》发表，要邀请他撰文介绍。从1978年2月10日茅盾写给姚雪垠的信来看，茅盾同意并完成了创作。茅盾不仅创作了大量文艺作品，他本人的艺术品鉴水平也相当高，包括姚雪垠在内的一批文学作者都因他的评价推荐得以成长发展。茅盾和姚雪垠互为文学知音，谱写了中国现当代文坛的佳话。在这封信中，茅盾说：“英文《中国文学》选译一、二卷若干章，分三次登载，本年五月份（或快则四月份）将出第一次。他们要求我写篇文章论此书，专为外国人着眼。文已写就交给他们。当时我还在文中说，李书人物对话各按其人身份性格，口吻不同，译为外文，必然大为减色。此非过虑。该刊去年译《红楼梦》若干章，其对话部分最失败。……”

1977年8月6日，天气炎热。茅盾给荒芜回信，在信中说明了当时该书选编和出版之间的一些实际情况。见信如下：

荒芜同志：

7日示悉。伊罗生（30年代在沪时我们都这样称呼他）之《草鞋脚》译本迟至七四年始出，又有长序，料想是尼克松访华后美国有一阵中国热之故。函示长序在译，并允以抄本见惠，甚感。30年代在上海办刊物的一些美国朋友，自伙淘里常闹矛盾，伊罗生与史沫特莱当时即有矛盾，而今年五一节来北京访问之麦克斯·格兰尼奇曾访我长谈，则又对史沫特莱极为不满，所述之事有非常情所可能者。所以伊罗生之长序倒很想看看，度不仅有可供引起回忆之价值也。闷热，霉季之可畏，甚于炎热。恕不缕尔。

即颂

健康！

沈雁冰

8月8日

30年代，美国人伊罗生来到中国，任上海英文版报纸《大美晚报》及《大陆报》记者。1932年1月13日，在史沫特莱的提议和协助下，他创办了英文期刊《中国论坛》（半月刊），直到1934年1月，由于伊罗生和史沫特莱两人在办刊理念上产生了分歧，该刊停办。此后，伊罗生酝酿了新的计划，就是编选一本中国现代小说集，向西方介绍中国革命作家的作品。

《草鞋脚》在30年代选编后，迟迟未能出版。这与美国国内的政治环境发生变化有不可分割的关系。直到1974年，这本选编才得以出版。正如伊罗生所说："无论如何，出版这本书不仅为了它本身，也由于时间给了我们透视的可能，我们要对这一时期的现代中国文学进行透视，同时还要看一看帮助创造了这段历史的作家们，他们个人的命运。因此，《草鞋脚》现在出版，很可能比一九三四年出版更有意义。有些书和某些简介一样，是有它们的契机的，而这本书的契机，很可能正是现在。”

1971年4月，美国乒乓球代表团访华，这是新中国成立后第一个应邀访华的美国团体。代表团的访华打开了隔绝22年之久的中美交往的大门。1972年2月21日至28日，美国总统尼克松正式访问中国，双方在上海发布了《中美联合公报》，这也是《草鞋脚》时隔近40年出版的重要原因之一。

1977年8月28日，茅盾给荒芜复信，回忆了自己为《草鞋脚》这本选集提供个人小传一事并指出翻译过程中存在的失误之处，在这封信中，茅盾对选集进行了勘误。见信如下：

荒芜同志：

来信及附件均悉。谢谢您为此费心，那个小传是我特为《草鞋脚》写的，其中“我被送进我们地区的第一初级中学”一语，应是“……我们镇上开办的第一座小学校”，想来伊罗生译错了。大概他想象不到，在1905年左右，号称得风气之先的嘉湖地区，竟还到处私塾，而我所进的小学竟是破天荒的第一座。乌镇（我的家乡）在清朝末年是商业大镇，人口有十万，比县城繁华，也比县城大，出过好些封建文人。我也进过私塾——家塾，但父亲嫌那个老师太冬烘，只教母亲教我。又：伊罗生说尼克松七二年访问北京时，我参加了宴会，这是他弄错了，这不是事实。

匆上　即颂

健康

沈雁冰

8月28日

据《茅盾书信集》（孙中田、周明编，文化艺术出版社1988年3月第1版）收录，1977年8月6日与8月20日，茅盾给荒芜回信两封，主要讨论伊罗生《草鞋脚》译本的事。茅盾就翻译过程中的一些错误，进行了指正。例如：1972年美国总统访华时欢迎宴会，茅盾未有参加等。在伊罗生委托鲁迅、茅盾编选期间，鲁迅致伊罗生信达7

封，其中鲁迅与茅盾共同署名3封，均收录于1981年版《鲁迅全集》。

茅盾曾经于1978年1月17日，在回叶子铭的信中说："故乡，在清末为青镇（本来是乌、青两镇，隔河为界），属桐乡县，解放后两镇合并，名乌镇，仍属桐乡县。"叶子铭是中国现代文学研究专家、南京大学中文系教授、博士生导师，1935年出生，2005年去世，大学时代即以专著《论茅盾四十年的文学道路》名重学术界，出版有《论茅盾四十年的文学道路》《茅盾漫评》《梦回星移——茅盾晚年生活见闻》等著作多种。

1978年，茅盾时年已82岁。荒芜给茅盾连续写就两封信，主要是旧体诗作的交流和日常工作的互动。见信如下：

荒芜同志：

连得两信，打油诗甚妙。您转至外文研究所，《世界文学》添一生力军。文研所自何其芳故世后，继任者谁？望便中告知。闻周扬为学部顾问，为拟研究规划，忙得不亦乐乎。苏金伞同志来信，乞便中代为致意谢谢。因为忙于打杂，连写信时间也没有了。

匆上顺颂

春禧！

雁冰

1978年2月10日

何其芳生于1912年，1935年毕业于北京大学哲学系，曾任中国社会科学院文学研究所所长等职，1977年7月24日因病去世。苏金伞生于1906年，是五四运动以来中国最杰出的诗人之一。何其芳去世后，沙汀继任文学研究所所长。沙汀生于1904年，1938年与何其芳、卞之琳等人奔赴延安，任鲁迅艺术学院文学系代主任，1949年后从事全国和四川省文学界的领导工作。

1978年4月，中共中央批准统战部、公安部《关于全部摘掉右派分子帽子的请示报告》。同时，文化部举行揭批“四人帮”万人大会，宣布为一大批受迫害的文艺工作者平反。5月28日，荒芜给茅盾连续写了两封信。见信如下：

茅公：

今早复了一信，意有未尽，再补写几句。

……

关于我。自从今年初我的工作调动之后，传言可多了。有的说我已搬入新房子，陈设甚好。有的说已补发了工资，还有的说恢复了原级别。您听说到的是最新的传言，又升了级，确实是名副其实的“升级”。

……

文联目前正在开会，对于诸如此类的问题，不知有人考虑过没有？话说远了，就此打住。

祇颂

著安

荒芜

1978年5月28日

5月27日至6月5日，中国文联第三届全国委员会第三次扩大会议在京举行。茅盾致开幕词，并庄严宣布中国文学艺术界联合会、中国作家协会和《文艺报》即日起正式恢复工作。刚刚回到外文研究所的荒芜，经受了许多传言，加之他对当时的文学界有一些意见和建议，便写信跟茅盾说了起来。6月5日，他又给茅盾写起信来。见信如下：

茅公：

听沙博理同志（凤子的爱人）说，去年他回美探亲，见到马尔兹（Albert Maltz）。马今年已经70岁了，很想来我国访问。“文革”前他常和您通信，并寄过作品打字稿来，我们都译成中文出版了（但未给任何报酬）。我记得一度还打算邀请他来，后又因事搁下。现在作协既已恢复，我觉得可以旧事重提了。刚才我写了一封信给沙汀，请他先和平化同志和黄镇同志谈谈，如果他们认为可行，请您出面，写封信（由沙博理转去）邀请一下，他们夫妇一定会欣然就道的。

近10年来，我们同外界几乎隔绝了，什么都不了解，请这么一位作家来，给我们谈谈当代美国文学，也是好的。

不知您以为我多事否？专此，祗颂

著安

荒芜

1978年6月5日

读完了荒芜的这封信，他的心里一头系的是友情，另一头系的还是自己喜欢了大半辈子的文学。我查阅了茅盾于1978年6月29日给沙博理的复信。从这封信可以看出，茅盾听从了老朋友荒芜的建议，同时荒芜已让沙博理给茅盾写了信。在茅盾给沙博理的信里说："马尔兹给您的打印本也读过了。荒芜同志也有信来，谓他将把马尔兹来信给沙汀看，请沙汀推动马访华事。我上次曾给荒芜信，谓请马来华最好由友协或文联、作协出面，并通过外交途径（我驻华盛顿外事机构）与马面洽，较为郑重。不知沙汀意中如何，沙汀最近来信，未谈此事……"

马尔兹是美国小说家、剧作家，是茅盾和荒芜共同的朋友。荒芜曾于1956年出版了他与冯亦代、符家钦三人合译的《马尔兹独幕剧选集》。马尔兹曾于1958年4月28日就给茅盾写过一封长信，茅盾因事务繁忙且疏忽，于1959年3月22日回长信并致歉。

1978年12月6日，荒芜给茅盾写信一封。那时茅盾的视力已急剧下降，右眼只有0.3视力，已经直接影响到了日常生活和读书写信。荒芜在信中跟茅盾说，自己10月去安徽参加短篇小说讨论会并介绍了美国近30年短篇小说的创作情况，游览了祖国的大好河山。具体见信如下：

茅公：

近闻目疾加剧，念甚。右眼阅报看书，尚无大碍否？

往年陈寅恪先生双目失明，在广州中大时，专凭耳聆口述，照样从事研究工作。人定胜天，此亦一证也。

10月间安徽召开一次短篇小说讨论会，要我去介绍一下美国近30年短篇小说创作情况。当代美国短篇之所以特别活跃，归纳起来，不外以下几个原因：

（一）他们真正做到了争鸣和齐放。

（二）有一大批好杂志。有专门发表短篇的杂志，如*Story*，*New Yorker*，有各大学出版的杂志，还有各地方出版的，不以赚钱为目的的小杂志。

（三）有一个人数相当多，以各大学、学院创作班（Writing Class）为主干的创作队伍。

（四）有各种各样、不计其数的奖学金。一个作者只要得到一笔奖学金，就可以放心大胆写作两年。

安徽今年上半年丰收，下半年碰到130年未有的大旱。由于万里同志的有力领导，上半年收公粮时多留了余粮……农村经济还相当繁荣。

在安徽游览了当涂的采石矶、太白楼，黟县的黄山，看了徽州地方戏剧会演，参观了歙县制墨制砚工厂；开了眼界，长了见识。旅途上还诌了几首打油诗。另纸抄呈，以博一笑。

张光年和袁鹰同志也去了安徽，因为我离开合肥较早，未得一见。

安徽文化界思想比较开放，不像北京那么拘谨。专此奉陈，顺颂

著安

荒芜

1978年12月6日

收到荒芜的信，茅盾便给老朋友回了信。他给老友说了自己和陈寅恪的区别，陈先生晚年虽双目失明但过耳不忘，自己却记忆力较差，那时已82岁。上封信中，荒芜说了美国短篇小说近30年成绩斐然的原因，得到了茅盾的认同。在这封信中，他建议荒芜写出来在报刊上发表，以便国内短篇小说创作者学习和借鉴。见信如下：

荒芜同志：

信悉。诗甚好。第三首题中“挍”字不认得，是不

是新简体字？承告陈寅恪先生双目失明，专凭耳聆口述，照样从事著作，愧我无此才力。我闻陈先生记忆力甚强，令人翻查材料，能说出某卷某页。我则看过即忘。美国短篇小说活跃情况，甚盼能写出来在报刊上发表，亦刺激我国活跃短篇之一法也。

即颂

健康！

沈雁冰

12月16日

这封信，是茅盾先生和荒芜最后一次通信，大半辈子的老友真情弥足，豁达珍贵。

1979年，10月30日至11月16日全国第四次文代会举行。茅盾出席开幕式和闭幕式，并发表讲话。

值得提及的是，1980年11月茅盾写了《关于〈草鞋脚〉一文》，并就回忆所及，恢复与鲁迅合编时的本来面目。这本由蔡清富辑录、恢复本来面目的选集《草鞋脚》，于1982年1月由湖南人民出版社出版，印数15500册，定价1.85元。这本书附录了《草鞋脚》初选篇目、《草鞋脚》部分作家作品简介、中国左翼文艺定期刊编目、鲁迅茅盾致伊罗生的书信（7封）、伊罗生的《草鞋脚》序言、《草鞋脚》目录（1974年英文本）和蔡清富的辑录后记。

蔡清富生于1935年，1959年毕业于北京师范大学中文系。60年代，参加教育部组编的《中国现代文学史》编写。80年代，应邀赴日讲学，为北师大中文系教授、博士生导师。出版有《中国现代文学史》《现代文学纵横谈》《冯雪峰文艺思想论稿》《毛泽东诗词大观》《毛泽东与中国古今诗人》《中国现代文学名著辞典》等。他在《草鞋脚》辑录后记中说：

将鲁迅、茅盾推荐的篇目与美国1974年出版的选目一对照，更具体感到两者选题的出入太大了：鲁迅、茅盾选入的23个作家，被伊罗生删去了12人；鲁迅、茅盾推荐的30篇作品，被他删去了2/3；他又增加了自己所喜欢的一些作家作品。

更为遗憾的是，蔡清富编选的《草鞋脚》发排之际，传来了茅盾逝世的噩耗。蔡清富编选的这本书，本来是为了纪念新文学开山代表人物鲁迅先生的百年诞辰，没想到的是，也成了对现代文学巨匠茅盾的悼念。

1981年3月27日，茅盾在北京因病逝世，享年86岁。4月11日在人民大会堂举行追悼会。同年，设立茅盾文学奖。

范用：爱书如命的出版人

范用是我国著名的出版家和书籍装帧艺术家。他1923年7月18日出生于江苏镇江的小商人家庭。范用从小在外婆身边生活了近10年，那条街叫作柴炭巷。在那条街上，锡箔店、染坊、百货店、茶楼、饭店、装裱店、石印局等铺位依次排开。在还是幼童的范用眼里，裱画店和石印铺最是令他着迷。

父亲去世时，范用还不足14岁，正在小学阶段。父亲生前有一大爱好，就是读书，李涵秋、张恨水等人的章回体小说，是父亲的最爱。

1932年7月，邹韬奋在上海创办生活书店。它是在生活周刊社书报代办部的基础上建立的。

1933年7月，《文学》月刊创刊，是一种大型的新文学杂志。由茅盾、郑振铎主持，傅东华主编。

1935年，钱俊瑞、徐雪寒、华应申等人创办新知书店。前身是《中国农村》月刊。

1936年，李公朴、柳湜、艾思奇、黄洛峰等人成立读书生活出版社（后改称读书出版社）。前身是1934年创刊的《读书生活》半月刊。

1937年，范用毕业于江苏镇江一个名叫穆源的小学。在穆源小学上学期间，他读了中华书局出版的《小朋友文库》和商务印书馆出版的《小学生文库》等。那时候，范用的作文就常常是班级里的范文，常被老师朗读给同学们听。他从老师那里，还读到了邹韬奋编译的《革命文豪高尔基》，还有鲁迅、茅盾、巴金、高尔基的小说等。1937年，以第二名的成绩被镇江中学录取的范用，在教室里仅仅坐了不到两个月，抗日战争就全面爆发，他在上学生涯戛然而止后，独身一人前往武汉投靠舅父。舅父在武汉汉口会文堂书局当经理。

1938年，范用常常去位于会文堂书局二楼的读书生活出版社学习，后来成为该社的实习生。他不仅读书，练习写字，学习业务，还走上社会学习如何做人。范用是个勤恳的年轻人，赢得了大家的喜爱。他跟着别人跑印厂，设计书封，还在出版社认识了来搭伙的作家周立波。1939年春，在出版社赵子诚的介绍下，范用成为一名中共党员。读书生活出版社让他这个幼稚的孩子成长为能办实事的工作人员，他还成为共产党员，从此走上了光辉的革命道路。

作为出版社年龄最小的员工，范用那时主要的工作是跑腿送信，登记来往信件，还负责共产党在国统区第一个公开刊物《群众》周刊的订户寄发工作。

1938年末，武汉失守，范用跟着出版社正准备南迁广州时，广州也失守了，范用就跟着出版社其他同事前往重庆，开始编《学习生活》杂志，同时跑印厂拼版、改样等。

1939年，读书出版社内部刊物《社务通讯》在重庆创刊，每期30页左右，开始半月一期，由黄洛峰编辑，范用等人刻印，主要为社内互通情况，交流经验。

1941年，18岁的范用前往桂林，在读书出版社桂林书店工作，主要工作是将上海出版的书经桂林转运到重庆，并负责在桂林印刷出版一部分书籍。

1944年7月24日，邹韬奋因病在上海辞世。夏秋之交，根据时事局势需要大疏散。范用等人将书店的存书打包转运至重庆后，已无法动身离开了，便一路逃难。他从桂林到柳州，到金城江，到贵阳，后来才到了重庆，任读书出版社重庆分社经理。

1946年后，范用从重庆调往上海读书出版社，主要工作是参加救国会活动和出版社的日常工作，还有就是接收党组织交办的一些事务，为解放上海做准备。上海解放后，范用被调到军管会新闻出版处工作，主要负责出版处的调研工作，当年8月，一份电报又将他调往中宣部出版委员会。

1948年10月，重庆的生活、读书、新知三店在香港合并，正式成立生活·读书·新知三联书店。10月18日，三联书店举行三店股东代表大会，选举了临时管理委员会。范用为15名正式委员之一。

1949年10月1日，中华人民共和国中央人民政府成立典礼，即开国大典在天安门举行。三联书店代表参加了庆祝游行。

1949年12月5日，中共中央决定撤销中宣部出版委员会，将工作移交出版总署。随即成立的国家出版总署和人民出版社取代了出版委员会。

1951年1月17日，出版总署发文，将原新华书店总管理处的出版部与该署编审局的一部分组成人民出版社，将厂务部、发行部等分别改组成新华印刷厂总管理处和新华书店总店。范用开始在人民出版社工作，为出版社领导小组成员。8月27日至9月4日，第一届全国出版行政会议在北京举行。时任中宣部副部长的胡乔木作《出版工作应为宣传马克思主义而斗争》的讲话。

1952年3月，作家丁玲的小说《太阳照在桑干河上》，周立波的小说《暴风骤雨》，贺敬之、丁毅执笔的歌剧《白毛女》，获苏联1951年斯大林文学奖。这是新中国出版的著作首次在国外获奖。

1954年9月，《中华人民共和国宪法》由人民出版社出版。

1955年12月30日，文化部发出《关于汉文书籍、杂志横排的原则规定》。

1959年，范用任人民出版社副社长、副总编辑。

“文化大革命”期间，范用遭受批斗，罪名为“曾计划为蒋介石树碑立传”，被关“牛棚”。1969年，范用同人民出版社的数百名干部，被下放到湖北咸宁的“五七干校”。1972年10月，湖北咸宁“五七干校”原出版部门的一批老干部回归工作岗位，范用从“牛棚”中被解放出来。

1978年10月，荒芜从“纸壁斋”居所搬至天坛东侧的新居。11月30日，他给范用写信。见信如下：

范用同志：

顷得亦代信，知老兄对拙作打油诗奖饰有加，感愧之至。

据我所知，夏老（承焘）曾刻印过词集和诗集，弟何人耶，竟敢如此大胆妄为，恐系传闻有误耳。

上月初搬家。每星期二、五到所学习外，弟一般均在家。得便，盼光降一叙，当以黄山毛峰待客。我们是老朋友了，多年以来，同居一城，竟乏促膝一晤之会，思之可笑！

上月去合肥参加一个会，游览了名胜，写了几首打油诗，附呈求正。顺颂

撰祺

弟　荒芜

1978.11.30

在信中，荒芜回忆了自己和老朋友的交情，并叹息居于一城却难以见面的遗憾。他在信中告诉老友自己用家乡的黄山毛峰茶招待朋友。黄山毛峰是中国十大名茶之一，入杯冲泡雾气结顶，汤色清碧微黄，叶底黄绿有活力，滋味醇甘，香气如兰，韵味深长，如老朋友般醇厚味长。

荒芜喜欢旧体诗，并得到了范用的肯定。信中提及的夏承焘先生，生于1900年，去世于1986年，毕生致力词学研究和教学，是现代词学的开拓者和奠基人。他的一

系列经典著作无疑是词学史上的里程碑，其被称为“一代词宗”“词学宗师”。代表作有《唐宋词人年谱》《唐宋词论丛》《姜白石词编年笺校》等。

1978年11月，国务院批准成立以中国社会科学院院长胡乔木为主任的《中国大百科全书》总编辑委员会，并成立了中国大百科全书出版社，开始分卷出版《中国大百科全书》。范用担任人民出版社副社长兼副总编辑，三联书店为人民出版社的副牌社。12月，酝酿已久的“以书为中心的思想评论刊物”的《读书》杂志开始筹备，范用在创刊前期做了大量工作。

1979年1月4日，荒芜和范用两位老友终于如约见面。1月5日，荒芜便又给范用写起信来。他为人豪爽，心直口快，针砭时弊。见信如下：

范用同志：

昨晚幸会。

您说要转载我的那篇小文，不知转载在什么刊物上面？盼示。

这些年来，所谓“研究鲁迅”简直流入魔道，有乱捧取宠之心，无实事求是之意。浪费纸张，造成灾害。流传海外，使有识之士认为中国无人。有感于此，写了一点感想。有些编辑同志，看见了瞿秋白的名字，像见了毒蛇一样，心惊胆战，非要改掉不可。我则以为大可不必。奉上求教，并请卓裁。如不合用，仍盼退回。

顺颂

著祺

荒芜

1979.1.5

临近春节，文人之间相赠，书画为佳品。荒芜谦称自己的书法作品为“账房先生体”，意为不成气候。但是真诚的荒芜，还是给范用挥毫泼墨书画卷，以字会友传真情，谓之“节礼”。见信如下：

范用同志：

我的字是账房先生体，从来不敢示人。节前《上海文学》的一位朋友忽发奇想，一定要我写字，不便方命，涂了几条。现奉上一幅，聊作节礼，当不笑我狂妄也。

即颂

节禧

荒芜

1979.2.2

1979年4月,《读书》正式创刊。陈翰伯、陈原、范用、冯亦代、史枚、倪子明、丁聪等历经沧桑的文化老人，为它重新焕发了青春的激情。从《读书》创刊到范用退休，每期清样范用都是从头到尾一字一句地看完才签字付印。由于编辑人手少，范用包办了杂志的底封和底封里的两侧广告，请漫画家丁聪设计封面和版式，由后来担任三联出版社总经理的董秀玉女士协助史枚编稿。史枚是报刊编辑和出版家，江苏苏州人，1914年10月19日生，原名佘增涛。1932年到上海持志大学附中就读。后参加左翼文化运动，并开始为《晨报》副刊《每日电影》写影评，靠撰稿为生。1938年初到武汉，为徐步编辑的《新学识》半月刊撰稿。同年10月到宜昌，与赵冬垠编辑通俗小报《救中国》。1939年1月到重庆，进生活书店担任编辑，与艾寒松合编《读书月报》。1939年6月任新疆文化协会编审部副主任。1945年9月回到重庆仍任生活书店编辑。1946年初随总店回到上海，负责编辑《读书与出版》杂志，并撰写《春天——时局的关键》《新中国宪法问题》《中国土地问题》等文章。1949年5月上海解放后，调往北京三联书店总管理处负责图书编辑部门。1951年初任三联书店副经理兼编审部主任。同年6月三联书店并入人民出版社后任第三编辑室主任、总编室编审等职。1979年初任《读书》杂志副主编，1981年4月11日因病去世。

1979年，范用酝酿恢复三联书店独立建制的问题。20世纪80年代初期，尚未恢复独立建制的三联书店陆续出版的多卷杂文家专集（包括夏衍、柯灵、聂绀弩、廖沫沙、胡风等人的杂文集），译介欧美新著《第三次浪潮》《西方社会病》等书。影响最广的图书当属1981年出版的《傅雷家书》和《干校六记》。

80年代初，荒芜给范用写信，推荐了自己的诗作《读画六题》，请范用品评。香港《文汇报》的总编辑金尧如和范用也是报刊界的老友，范用便推荐给金尧如发表。在信中，荒芜还推荐由孟昌选译的《高尔基政论杂文集》在三联书店出版。

孟昌是文学翻译家。1912年12月生，原名伍仕超、伍梦昌等。1931年考入上海复旦大学外国文学系，翌年加入中国左翼作家联盟。1937年开始在钱俊瑞、柳乃夫主编的《现世界》杂志上发表高尔基论文学的译稿。1940年加入中华全国文艺界抗敌协会，参加抗日救亡活动。1949年上海解放后，任时代出版社编译。1953年调任人民文学出版社编辑。译作主要有《高尔基政论集》《高尔基论青年》《高尔基文学论文选》《高尔基论文学》等。见信如下：

荒芜同志：

前寄下《读画六题》，已托人给香港《文汇报》负责人金尧如兄。

关于出版《高尔基政论集》（或文集）事，未来面议如何？三联出版这样的读物比较合适。

敬礼！

范用

2.1

1982年12月，由孟昌选译、姜椿芳作序的《高尔基政论杂文集》由三联书店出版，印数9800册，定价3.15元。

范用在这本书的装帧设计上倾注了不少心血，包括文字介绍及图书护封、内封、书脊、扉页的照片等。在文字介绍部分写明了“这个封面的设计，现在看来有点儿构成特点。两个长方块相压，书名横跨两色块，反白高尔基线描画及书脊书名，书脊俄文用黑，占了主要位置。简到不能再简，连出版者署名、选译者署名都不要，看上去却不单调”。《高尔基政论杂文集》的装帧系范用负责，他自俄文书籍中找到高尔基的签字及肖像画交给美术编辑进行设计。

姜椿芳是著名的翻译家，生于1912年7月，去世于1987年12月，1949年后历任上海军管会文管会剧艺室主任、中共中央宣传部斯大林翻译室主任、中共中央编译局副局长、中国大百科全书出版社总编辑、第五届和第六届全国政协常委、中国翻译工作者协会会长。20世纪30年代开始发表作品。1952年加入中国作家协会。译著有《人怎样变成巨人》、《海滨渔妇》、《演员自我修养》(第一部)、《贵族之家》、《俄罗斯人》、《苏联卫国战争诗选》、《奥斯特洛夫斯基研究》、《高尔基研究》、《智者千虑　必有一失》、《鲍里斯·戈都诺夫》、《战线》、《黑暗王国的一线光明》、《高尔基剧作集》等。

1983年6月6日，中共中央、国务院发布《关于加强出版工作的决定》。明确规定：出版工作要在统一领导下，发挥中央和地方出版部门的积极性。《决定》的主要精神还有：废除“以阶级斗争为纲”的提法，出版方针不再提“为政治服务”，改为“为人民服务，为社会主义服务”。确立了出版工作的五条指导思想。此外，还强调了出版的专业分工等。中共中央和国务院就出版工作做出决定，新中国成立以来还是第一次。这个决定对出版业进行了全面的拨乱反正，明确了出版改革方向，对出版界明确方针、统一思想产生了深远影响。

1983年11月23日，胡绳、徐伯昕、钱俊瑞、徐雪寒、周巍峙、沈粹缜联名写信给文化部党组和中宣部，要求三联书店恢复独立建制。

倪子明时任三联书店总编辑。在《读书》创刊时，倪子明从国家出版局研究室加入三联书店，担任《读书》副主编，属于兼任。荒芜在出版诗集《纸壁斋说诗》一书中，在篇目的选定上，给范用和倪子明写信。见信如下：

范用、子明俩兄：

昨舒芜兄来谈及拙稿，说是那篇官司的文章《说诗存照》不如抽掉，免得有人乘机起哄。既然大家均有此意，自当从命。特以敬祈亮察。

小书两本，附呈求教。顺颂

著安

荒芜

1984.2.13

1985年1月10日，文化部出版事业管理局下发关于设立三联书店筹备小组的通知。三联书店筹备小组组长：陈原；副组长：刘杲、吉少甫、范用。

1985年2月，荒芜的《纸壁斋说诗》由生活·读书·新知三联书店出版，全书共130000字，印数8600册，定价1.45元。我收藏的这本为中共北京市委党校藏书，编号为190255。书的扉页有荒芜先生于1985年7月的签名落款。

1986年1月1日，三联书店成为独立出版机构。

随着市场经济的铺开，三联书店也曾陷入困扰发展的经济难题。出版学术著作和大众文化读物等一流作品，赢得了广大读者的喜爱，但是出书品种和盈利能力有所减弱。对于已经离开工作岗位的范用来说，便实事求是地告知了荒芜。见信如下：

荒芜同志：

前接来信，稽复为歉。关于《纸壁斋续集》，已发子明、昌文同志商定，三联可以接受出版，但希望允许在适当的时矣发刊，目前出书碰到一些意想不到的困难，厄运重重，一言难尽。

顺颂

文安

范用

11.19

《纸壁斋续集》在三联书店未能出版，作品的市场能力可能是最大的原因。该书后由朱正先生担任责任编辑，湖南人民出版社1987年1月出版发行。

三联书店恢复独立建制后，成为一家以出版人文科学和社会科学图书为主的综合出版社。三联书店曾出版了文化生活译丛、读书文丛、研究者丛书、新知文库、现代西方学术文库等丛书以及一些知名作家、学者的重要作品和回忆录，如巴金《随想录》、杨绛的《洗澡》、夏衍《懒寻旧梦录》、冯友兰《三松堂自序》等。其中现代西方学术文库第一种《悲剧的诞生》于1986年出版，这是

“文化大革命”后首次批量译介西方现代学术名著，随后陆续出版了《存在与虚无》《存在与时间》等一系列学术著作，许多品种销售近10万册。

1985年12月，范用离休。

离休10年后，范用在《文汇报》上发表了一篇回忆性文章《相约在书店》，20世纪70年代末与80年代初期的出版人与作者之关系在这篇文章中得以再现。他说：“我在出版社，接待过好多位鸿儒，包括作家、学者、画家，有王世襄、费孝通、黎澍、王芸生、萧乾、吴祖光、冯亦代、黄苗子、郁风、黄宗江、卞之琳、吴甲丰、戈宝权、梅朵、方成、韩羽、姜德明……人民文学出版社的韦君宜、严文井、孟超、李季、许觉民、绿原，一个楼办公，他们也随时过来坐坐，孟超总是端着茶杯。香港三联送来的咖啡，正好用来招待客人。”他的一生，书多、酒多、朋友多。

2009年9月，经中共中央组织部批准，范用享受副部级医疗待遇。

2010年9月14日，范用因病去世，享年87岁。

董秀玉女士后来曾撰文说，三联书店出版物的品位是一个出版社的文化精神和品牌的标志，更鲜明地代表了范用作为一个出版人的理想、追求和思想境界。

附录1 与荒芜先生女儿林玉的通信

史鹏钊小友：

这几天，在读尊著《君子至交》。深深地感受到你对老一代文学家的尊敬与理解。在当今这是非常难得的。你为找到这些旧信札，为记录这些文学老人的旧事，下了多少功夫，做了多少努力，为此特向你致意。你在好不容易得到旧信札时的珍爱心情，我都感同身受。

前些日子，我中了招，新冠首阳。李士杰先生给我电话时，我正高烧，讲话困难，只请他将我的电话给你后就说不了话了。几小时后住院，确诊双肺病毒性肺炎。救治两周。我出院才几天，就接到你的短信，想来真是巧。

眼下我已经读完了序章荒芜，第一章丁聪，第二章萧乾。你写得很顺畅，视野较宽，史料掌握相当多。有些社会上很少提到的情况，你也了解并记录了，这将是尊著的独特之处。

比如序章（本集收信人荒芜）中，你提到了金水桥合影。原版多年前已捐给一位解放军（天安门摄影家）收藏了。因为那张旧照上的天安门上，有毛泽东和朱德两位领袖。

又比如第一章丁聪，你提到他到北大荒的前前后后，这也是民间记录中宝贵的一段。他与荒芜在外文出版社同事多年（不同部门），又一同下放北大荒，一同经历1961返京岁月和1978年的改正岁月，1980年后一同搞“诗画配”……这些都是他们长期信任的友谊基础。

你还在第二章萧乾中，提到你所收藏的《诗书画》合订本，提到一位收藏家对此报创刊号的介绍文章，这都令我惊喜。这张张小报，在当年恢复中华民族文化自信的影响力，真是可圈可点可打捞的深海青花。感谢你对收藏品的重视。

现在，通过你的写作，我对你有了浅知，有了对文学前辈的共同怀念。

目前于我而言，电话短信中出现的文学小友，毕竟遥远而陌生。我更希望了解你，你与李士杰先生是不是好友？我可否请你在下封信中（寄信箱），更多介绍一些自己的情况？这很重要。

我已是老人，请多理解！

林玉

2023.6.15

尊敬的林老师：

今日刚从市里开会回来，收到您的来信，我很感动。您的回应，是对荒芜先生和他的友人时代的记忆。昨天得知黄永玉先生仙逝，在书稿中我写到了他和荒芜先生的交往，所以止不住内心的感怀，给您发了信息。

写这本书，是我看到荒芜先生和朋友们通信后第一时间的内心涌动。在写这本书前，读到了您编的《荒芜旧体诗新编》，深深地记住了您的名字，也从四处淘来了荒芜先生的作品集。为了能联系到您，一直通过北京的朋友寻找。有次在李士杰先生的公众号上看到了您的名字和参加活动的照片，所以就给他发了私信。我们素不相识，但是热心的他给我回了信息，说愿意和您联系，让我备感期待。他给了我您的电话，并表达了您当时身体不适的情况，您的电话我就存在手机里迟迟不敢联系，我想着只有把这本书写完，才能给您和那些已经老去的文坛巨擘一个交代。

感谢您对拙作的肯定，书中的几位老人已经逝去，但是他们永远活在我们心中。荒芜、茅盾、姚雪垠、丁聪、萧乾，对于一个汉语言文学专业毕业的人来说，真是如雷贯耳。他们的作品不仅仅影响了一代人啊，他们的名字永远书写在中国文学史之中。不仅是现在，还有未来。您称我小友，是对的。我出生于1980年的农历年底除夕夜，从小喜欢写作，当然是从小作文写起，这个爱好走上工作岗位后一直默默地坚持着，一直到现在。出版过《大国小村》《出村庄记》《喊一声大地我热泪盈眶》等散文集，出版过英年早逝的作家红柯的《红柯年谱》，也出版过长篇小说《离婚诉讼》。关于作家书信交往的作品有《文学的荣光——陈忠实、邹志安、贾平凹与李禾通信》，广西师范大学出版社出版后，反响较好。拙作《君子至交》是关于作家书信的第三本书。对于我一个文学爱好者来说，每本书中的作家都是我内心深处的神啊，他们的作品流芳百世，人格魅力闪耀光辉，我怎么不能为他们以文字的方式去致敬呢？

当然，《君子至交》这本书，还期望能够得到您的指导，我喜欢写作，也喜欢藏书，尤其是对老版本的旧书更是爱不释手，所以常常有空就去旧书摊发现和打捞自己心中的“宝贝”，这可能是一种兴趣所在。您病愈不久，就已经读完了序章和第一、二章，这让我心里很是歉愧。而且您读得很仔细，如有不足或者错误之处，请您多斧正，我将在送出版社之前再行修改和校对。

我相信，好的作品一定会被读者喜欢；我也相信，文学的美好时代永远会被人铭记。我现在在陕西省西安市一家单位从事办公室工作，这是一个以文化旅游为主导的开发区，也欢迎您有空来西安旅游。我如何时去北京，一定去看您。

夜已深，就此搁笔。

祝您身体康健。

晚辈史鹏钊敬上

2023.6.15晚23:30

史鹏钊文学小友：

你好！

北京炎热出奇。烧烤似的端午节可算过去了。西安温度可也这般？

今天返稿给你，全部拜读过了。印象很深，你对信札涉及的原始资料极为重视，收集与整理中确实付出了极大的心力，还有不少进深的探索，这是此书吸睛的一个必然条件。我在北京祝福你！期待此书有佳运！

因为愿意给你一点助力，也因为相对熟悉几位致信人，故在拜读大作同时，也提供一些参考信息——红字部分（仅供你斟酌，或有与你的史料和认知冲突的，不使用并不再传播即可）。紫字部分，请务必前后串读后，再决定去留。这份返稿，需要给它一些认真调整的时间，以求稳妥。毕竟，出言有据是这类书刊的力量所在。

附件中有我向你提供的几种图文，都是相对有把握可以让你在书中使用的。只有茅盾与姚雪垠先生那张图片，是北京东城区后圆恩寺胡同茅盾故居的公开展览照片。你若需要引用，请标明出处即可。

我最近一直在与新冠感染的后遗症做抵抗斗争。心力明显不足。估计到秋天，会好转。

祝你顺利

林玉

2023.6.25

林玉老师：

感谢您在炎热的夏日，不辞辛苦地对文稿进行斧正。

看到端午期间北京天气异常炎热，所以才给您发了信息，以表问候。早上收到您发来的书稿，还有珍贵的老照片和有关资料，从邮箱下载下来，认认真真地看了一上午。您对书稿中存在的细节问题一一都做了修改，我会逐字逐句再去辨析和打磨。

在这本书稿写作过程中，我细读和查阅了大量资料，尤其是对部分原始资料进行了校对。作家通信过程中，大多无年份，所以在联系内文进行考证过程中，花费了大量的时间。我会根据您的修改意见，静下心来再去研读、修改。您说这类书刊的力量是“出言有据”，这也是我在行文过程中最为注意的。

尤其是您提供的“荒芜翻译外国文学作品目录”异常珍贵。我会结合序章部分内容按照时序进行完善，这也是我向文学大家们最好的致敬。在查阅和阅读有关史料时，我注意力高度集中，生怕漏过一个时间点和关键信息。跟着这个信息，我又查阅到其他信息，才逐步让整个书稿丰富了起来。如果说文学翻译的标准是“信、达、雅”，我写这类书稿坚持的原则是“真、精、准”。“真”是必须尊重历史，尊重事实。“精”是必须有所删减，剪枝修叶，让书稿的主干到位。“准”是一个年月都不能有偏差，还得让读者能读下去，且不会寡然无味。我不知道我说的对不对，这是我在本书写作时所坚持的。

目前计划年底前给出版社提交书稿，进行选题申报。在这段时间里，我会再次结合您的意见，进行全面修改和校对。新冠后期，您还是多休息，这病儿我们都没有躲过。我感觉是身体哪里有问题，它就攻击哪里。尤其正值炎炎夏日，您多保重。西安最近早晚还比较凉快，也正是我干活的好时候。

陕西农村收割麦子时节有句话叫“有风多扬场，无风歇半天”。在您的指导下，我还是多像农民们一样，趁着好风多扬场，这样才有收获的希望。

祝您夏安。

史鹏钊敬上

2023.6.25下午

附录2　荒芜翻译外国文学作品目录
（1936—1995）

1949年10月前

1936—1939年

*《下午》 Pekinnalia　1936年（在校）

*《竹林之忆》 刊《人间世》杂志　1939年

1942年

*《我不能静默》［苏联］谢果洛娃/著　刊《文艺阵地》第7卷第4期

*《从托翁故居回来》［苏联］索菲亚·A.托尔斯泰/著　刊《半

月文萃》第1卷第4期

1943年

*《乌克兰人》（短篇小说） 刊重庆《新华日报》1943年2月28日 （抗日战争中，由此篇始用笔名“荒芜”）

*《美国黑人诗组》 刊重庆《大公报》

*《外科医生》［苏联］V.Lídin/著 刊《文阵新辑》第1期

*《村舍》［苏联］华西列夫司卡/著 刊《文学（重庆）》第1卷第2期

*《住的恐慌》［苏联］左勤科/著 刊《改进》第8卷第2期

*《墙：他们把我们推进一间雪白的大房里》［法国］沙特耳/著 刊《文阵新辑》第3期 （沙特耳，今译：让–保罗·萨特）

*《炸桥》［亚美尼亚］狄墨禅/著 刊《文学（重庆）》第1卷第4/5期

1944年

*《出使十年》（回忆录《驻日十年》）［美国］格鲁/著 重庆中外出版社 （未找到样书。此项记录见荒芜1968年1月22日的牛棚交代原稿）

*《妒妇》 戴维狄安/著 刊《东方杂志》第40卷第1期

*《野餐》［俄国］黎宾/著 刊《文艺杂志（桂林）》第3卷第

2期

*《巴黎之旅》（国际反侵略小说特辑）［意大利］西龙/著 刊《天下文章》第2卷第2期

*《蝗虫》（小说）［印度］赖特南/著 刊《半月文萃》第3卷第2期

*《这个黑狗》（小说）［捷克］比耳/著 刊《时与潮文艺》第2卷第5期

*《隐忧》（小说）［印度］赖特南/著 刊《东方杂志》第40卷第7期

*《一个叛徒的故事》［苏联］爱伦堡/著 刊《联合周报》第2卷第11期

*《铁十字章》［苏联］瓦希列夫斯卡/著 刊《文汇周报》第2卷第12期

*《日场》［苏格兰］乌夸哈特/著 刊《东方杂志》第40卷第15期

*《没有题目的故事》［菲律宾］Jose Garcia Villa/著 刊《东方杂志》第40卷第17期

*《黑暗：巴黎的故事》 M.阿达驽/著 刊《东方杂志》第40卷第21期

*《现代的美国作曲家》 S.Koussevitzky/著 刊《中学生》第79期 （S.Koussevitzky即库谢维茨基，美籍俄国音乐指挥家）

*《苏联战争短篇的新趋向》［苏联］罗果托夫/著　刊《中苏文化》第15卷8—9期

1945年

*《长街》（小说）［英国］白克兰/著　刊《文哨（重庆）》第1卷第1期

*《新生》（小说）［美国］布克夫人/著　重庆现代书局（布克夫人即赛珍珠，此书别名《高傲的心》）

1946年

*《车站上》［苏联］V.鲍蒂奥姆金/著　刊《书报精华》第16期

*《和死神搏斗》［美国］萨洛阳/著　刊《文汇报》1946年3月9日

*《沙特尔论美国小说家的技巧》［法国］沙特尔/著　刊《文汇报》1946年11月26日

*《生前祷（特稿）》［英国］马克尼斯/著　刊《文萃》第20期

1947年

*《斗争》［美国］瑞查德/著　刊《泥土》第2期

*《读书》［美国］瑞查德/著　刊《骆驼文丛》新1卷第2期

*《菲律宾诗抄》 刊《骆驼文丛》新1卷第4期

*《锄奸》［苏联］西蒙诺夫/著 刊《文艺春秋》第5卷第6期

*《我的童年》［美国］Richard Wright/著 刊《东方》第43卷第9期 （Richard Wright，今译：理查德·赖特，此目录中瑞查德或赖特均指理查德·赖特）

*《生命的旅途》 中华书局 （荒芜、吕叔湘、钱歌川合译）

*《屠格涅夫与杜氏退益夫斯基》［苏联］雅莫林斯基/著 刊《春潮（开封）》第1卷第2期

1948年

*《鼠》［美国］赖特/著 刊《文艺春秋》第6卷第6期

*《沉默的人》（短篇小说集）［美国］W.萨洛阳等/著 中华书局 （荒芜与潘家洵、王家棫、钱歌川等译作合集）

*《医生之死》（短篇小说）［苏联］舍格亦夫曾斯基/著 中华书局

*《髭》（短篇小说） 艾兰特/著 中华书局新中华丛书文艺汇刊

*《古巴诗抄》［古巴］吉伦/著 刊《新民晚报》

*《悲悼》三部曲：《归家》四幕、《猎》五幕、《祟》四幕 ［美国］尤金·奥尼尔/著 良友图书公司 （晨光出版公司版本于1949年出版）

1949年

*《论文学的自由》［苏联］塞茨/著　刊《华北文艺》第4期

*《论文学的倾向性》［苏联］阿玛卓夫/著　刊《华北文艺》第5期

*《生命的旅途》（小说）［美国］布克夫人/著　上海现代出版社（修订版，增加6000字，现代文艺丛书之三）

*《朗费罗诗选》［美国］朗费罗/著　晨光出版公司［荒芜与朱葆光先生合译，合用笔名“简企之”。晨光世界文学丛书之一，人民文学出版社2016年（部分）再版］

*《社会主义的现实主义》（苏联文艺理论集）［苏联］A.K.范西里夫/著　天下图书公司（1949年5月华北初版，至1951年8月，此书共出5版）

*《苏联文艺论集》［苏联］阿玛卓夫等/著　五十年代出版社

*《栗子树下》（苏联名剧译丛）［苏联］西蒙诺夫/著　天下图书公司

1949年10月后

1949年

*《一个英雄的童年时代》（苏联中篇小说集）［苏联］潘文赛夫等/著　晨光出版公司　1949年10月（晨光世界文学丛书之

一，至1953年3月，此书共出6版）

*《高尔基论美国》（文艺理论集）［苏联］高尔基/著　大众书店出版　1949年12月初版、1950年5月再版

*《苏联文学的创造性》［苏联］麦蒂娃/著　刊《文艺劳动》1949年第1卷第2期

1950—1957年

*《马尔兹短篇小说集》［美国］马尔兹/著　作家出版社　1955年　［朱孟实（朱光潜）校］

*《莫里生案件》（剧本）［美国］艾尔伯特·马尔兹/著　刊《译文》1955年总第21期

*《夜里，在海滩上》（诗歌）［美国］惠特曼/著　刊《长江文艺》1955年总第74期

*《我听见美国在歌唱》（诗歌）［美国］惠特曼/著　刊《长江文艺》1955年总第74期

*《马尔兹独幕剧选集》（剧本）［美国］马尔兹/著　作家出版社　1956年　（与冯亦代、符家钦合译，合用笔名“叶芒”）

*《一瞥·致富有的给予者·七十有一岁》（诗歌）［美国］惠特曼/著　刊《人民日报》1956年

*《回答》（诗歌）［美国］惠特曼/著　刊《陕西日报》1957年3月18日

*《文学杂谈》［美国］辛克莱·路易士/著　刊《译文》1957年总第46期

1959年

*《辞职》（印度小说）［印度］耶凌加罗·库玛尔/著　人民文学出版社（1956年译稿，1959年1月初版，1959年3月第2次印刷，刊发时由出版社编辑代改笔名“李水”）

*《世道》（马尔兹短篇小说）［美国］马尔兹/著　人民文学出版社（外国文艺小丛书之一，笔名“李水”）

1978年后

*《海明威，你这头老狮子》［美国］考德威尔/著　刊《世界文学》1978年复刊号

*《回忆保罗·罗伯逊》［美国］马尔兹/著　刊《文汇报》1979年5月9日

*《中国印象》（诗集）［美国］保罗·安格尔/著　福建人民出版社　1981年8月，香港三联书店　1981年10月，台北林白出版社　1986年

*《佩妮》（小说）［美国］马尔兹/著　刊《外国文艺》1982年第1期

*《马尔兹中短篇小说选》［美国］马尔兹/著　浙江人民出版

社　1982年1月初版、1983年2版（荒芜与符家钦合译，仍共用1956年的笔名“叶芒”）

*《奥尼尔剧作选》［美国］尤金·奥尼尔/著　上海文艺出版社　1982年

*《雨果先生》（美国现代剧本）［美国］艾·马尔兹/著　中国戏剧出版社　1983年

*《天边外》（剧作）［美国］尤金·奥尼尔/著　漓江出版社　1984年初版、1992年3版

*《麦凯自传》（原名：《远离家乡》）［美国］克劳德·麦凯/著　浙江文艺出版社　1986年（外国作家传记丛书之一）

*《海外浪游记》［美国］马克·吐温/著　江西人民出版社（平装本）1989年，林郁文化事业有限公司（台湾）1993年，百花洲文艺出版社（精装本）1993年，人民文学出版社（精装本，《马克·吐温文集》之十）2016年

*《论风格》（短文）［美国］刘易斯/著　中国青年出版社　1993年

*《毛猿》八场喜剧［美国］奥尼尔/著　上海文艺出版社　1994年（世界文学金库丛书·戏剧卷）

*荒芜遗稿（中篇小说）（只有初稿）

*《瑞勃·万·文克尔——迪特立支·尼克波克的遗著》［美国］华盛顿·欧文/著［这是与纽约历史相关的仙幻故事，讲

一个怕老婆的男人的遭遇，非常有趣。不知何年翻译，并未发表。作者欧文是纽约史的专家，笔名尼克波克（后来简化为尼克斯，成为纽约的城市符号），今天美国男子职业篮球联赛（NBA）纽约尼克斯队这个名称，即由此来]

（林玉　辑）

后记：文学黄金时代的君子至交

2022年末，出版人屈炳耀先生在电话里说，帮助我拿到了一些名家的书信复印件，原件在藏家手里。他是给藏家出过书的，所以才得以被信任。

拿到书信，我迫不及待地翻阅起来。荒芜是对旧体诗颇有造诣的文学翻译家及研究者，与画家李世南、漫画家丁聪、作家萧乾、出版家范用、作家茅盾、作家姚雪垠等是大半辈子的挚友，看着一封封具有时代记忆的书信，真是爱不释手。自从《文学的荣光——陈忠实、贾平凹、邹志安与李禾的书信往来》（2021年5月，广西师范大学出版社）出版后，许多朋友知道我对名人书信有很大的喜好，所以一有发现，便告知或复印赠予。文学的黄金时代，老一辈作家如“重放的鲜花”，开放斗艳，外国文学翻译之作重新得以出版，各种文学流派和思潮齐头并进，信札成为君子至交的时代见证。

著名诗人、翻译家荒芜和漫画家丁聪先生均出生于1916年，作家萧乾和姚雪垠先生均出生于1910年，作家茅盾先生出生于1896年，出版家范用先生出生于1923年。他们都出生于大动荡大变革中，作为见证历史转折或是影响社会风气的文化名人，他们之间的通信，大多都处于20世纪70年代至90年代。那时候，历时十年之久的“文化大革命”结束不久。在这十年文化浩劫中，许多知识精英和普通知识分子都受到迫害，荒芜、丁聪、萧乾、姚雪垠、茅盾、范用无一幸免。在那段特殊的岁月里，哪怕遭受着精神和身体上的折磨，他们也没有改变自己的文学方向，等待着阳光灿烂的日子。

尤其是作家姚雪垠和荒芜的通信，我在网上得知在一藏家手里。因为市场对名家信札的追捧，藏家的要价更是无法承受，我不得不以购买复印件的形式才得以看到。这些信件，是一个历史时期的见证，记述和封存着一个时代的鲜活场景。我看到的不仅仅是文字，更是一批文学前辈活生生的人生智慧和时代情怀。每一封书信，或是对民族的热爱，或是对文学的思考，或是对日常的顿悟，或是对当下的忧愁……今天静静地去阅读，荒芜对朋友的热心，丁聪对生活的乐观，萧乾的敏感和忧郁，茅盾的执着追求，姚雪垠的坚强和进取，无不让人感到思想的启迪和灵魂的共鸣。虽然这些文学名家已经离开了我们，但是他们的精神还深深地影响着我们，我知道我应该以文字的方式，将那个时代记录下来，这也是一个写作者对文人学者精神的传承和感念。

这些书信，许多为首次面世。对我这个书信爱好者来说，真是如获至宝，它们为我们打开了前辈们在一个个人生阶段的崭新世界，为我们重构了20世纪70年代至90年代纷繁的社会图景，也为我们还原了一个文学时代的社会环境。这些纸信的时光，个人彼此之间书信的往来，在今天来说更是风雅传颂。他们在心中说“见字如面”，或是“××问夫人好”。在两个男人写信时，双方的夫人也均相互致以问候，是何等的家庭温暖，也是两个家庭之间交往的见证。萧乾的夫人文洁若、姚雪垠的夫人王梅彩、荒芜的夫人林印（舒展）、丁聪的夫人沈峻、范用的夫人丁仙宝等，她们不仅仅是作家的爱人，更是可与他们在事业和精神世界比翼双飞的灵魂伴侣。萧乾、文洁若因文学结缘，两人晚年还合译了爱尔兰作家詹姆斯·乔伊斯的《尤利西斯》，成为百万读者的精神食粮；姚雪垠和王梅彩的婚姻一辈子具有传奇色彩，王梅彩为解决姚雪垠的后顾之忧，60年代初毅然辞去钟爱的职业教育工作，成了“专业秘书”。她于花甲之年学习打字，用已迟钝的双手，起早贪黑地用老式打字机一个字一个字地敲打出了《李自成》200多万字的书稿。丁聪和沈峻的爱情被称为惊世爱情，丁聪尊称她为“家长”，她包揽了家庭的一切。范用的爱人丁仙宝突发脑出血去世后，范用生命激烈的鼓点突然哑声，精神急转直下且不再出门，也不再留意自己的仪表，卧床不起……在今天看来，这些伉俪，在他们平平淡淡的生活里，谱写了人世间最热烈的情感，无不令人感动。

李世南老师1956年来到西安学习工作，直至1985年才离开了陕西这片生活了29年的热土。从某种程度上说，陕西西安是他的第二故乡。他和贾平凹交往已久，早在1983年，贾平凹就写了报告文学《苦恼者——记画家李世南》，他离开陕西时总结性地作画《马军寨记事》24幅，贾平凹还为这本自传性的册页题了跋。诗书画永远是文人间的雅趣。在写这本书的过程中，我在贾平凹的“上书房”说起了李世南。贾平凹说：“那是个奇人，大画家，大天才。那时候我们都还年轻，也穷，常骑着自行车去见面，见了就看画，一天就这样过去了。这些年他是越来越现代，越来越传统，既是现代，又是传统。真个不可无一不可有二了。前两年他还回来过，我老了，他更老了。”对于荒芜和李世南来说，诗人和画家的结合，真是诗中有画，画中有诗。

《庄子·山木》里说：“且君子之交淡若水，小人之交甘若醴。君子淡以亲，小人甘以绝。”丁聪、萧乾、姚雪垠、茅盾、范用、李世南和荒芜交往的字里行间，家国情怀和温润人性尽显，书信里远去的时光，亦师亦友话真诚，真是“相交无他事，唯有书与文”啊。撰写这本书的初衷，就是以时代为背景，以文学作为最基本的出发点，对荒芜和友人之间的书信以浓郁的情感触摸时代和灵魂，进行多层面详尽解读，着重增补了文学史中不被书写和记录的生活细节，让书信回归于文学史。

2023年6月8日，我通过北京湖边草书店李士杰先生联系到了荒芜先生的女儿林玉女士。林玉女士因新冠病毒阳性住院刚初愈，正在家里恢复之中。林玉女士说：“感谢您对这些文化老人的关注，有何需要我的情况可直接告知，家父在‘文化大革命’后已不写日记，但笔耕不辍，作品不少。”林玉女士将自己的邮箱发给了我。由于她尚在恢复之中，且已是晚上10点30分，不便打扰，我便把书稿发她审定。在林老师审读的过程中，我们不断有短信、邮件交流，给了我莫大的鼓励。6月25日，我收到了审读后的书稿，林老师用红色和紫色字体进行了内文的标注，一个错别字都不放过，她作为编辑家真是费尽了心，她对学问的严谨令我羞愧。在此向她表示深深的谢意。

在这本书写作的过程中，我大量阅读和参考了前辈们的著述，包括回忆日记、传记年谱、怀念文章、纪事评论、全集合集等，在此不再一一列举。他们严谨的治学态度和对文学研究的精神值得学习，再次表示诚挚感谢。限于资料和笔者能力，文中尚有不足之处，还请各位专家批评指正，我将在今后的工作学习中不断改进。

是为后记。

史鹏钊

2023年7月于曲江居

补记：在本书出版过程中，因版权需要，李世南和女儿李萌老师，丁小一先生和夫人给予大力支持和指正。中国文字著作权协会和本书编辑老师，做了大量细致的工作，在此表示感谢！

2024年7月